Märchengespinns

Andrea Brackmann | Antje Brödner-Höhle

Märchengespinnste

Oculus-Verlag

Titel: Märchengespinnste
Illustrationen: Antje Brödner-Höhle
Lektorat: Simone Kurilla

1. Auflage: März 2012

www.oculus-verlag.de

ISBN: 978-3-942567-04-6
Preis: 12,00 Euro

Hat Ihnen das Buch gefallen?
Schreiben Sie uns Ihre Meinung unter:
info@oculus-verlag.de

Inhalt

7	Der Herzkasper
25	Runzelpunzel
34	Der dunkle Unk
45	Holla, die Waldfee
66	Der Klabusterfranz
83	Das zarte Fröschlein

Der Herzkasper

Vor langer Zeit lebte in einer Wohnsiedlung am Stadtrand der Herzkasper in seiner kleinen Wohnung. Der Herzkasper war dünn und fror leicht, deshalb trug er drinnen wie draußen einen langen, dunkelgrünen Wollmantel, dicke Socken und eine rubinfarbene Schlabbermütze. Er hatte einen kleinen, dicken Hund namens Hexenschuss. So hieß er, weil er es zeit seines Lebens im Rücken hatte und ein wenig humpelte. Hexenschuss war mit einem Schnauzbart und kurzem, rabenschwarzem Fell angetan. Er hatte glänzende Knopfaugen und ein Stummelschwänzchen. Jeden Morgen und jeden Abend um Punkt sieben Uhr ging der Herzkasper mit seinem Hund spazieren, immer den gleichen Weg, einmal um den Block. Der Herzkasper mochte keine Überraschungen, denn er regte sich furchtbar leicht auf und bekam dann heftiges Herzklopfen. Wenn es an der Tür klingelte, fiel er vor Schreck jedes Mal vom Stuhl. Wenn ihm

das Klopapier einmal ausging oder er aus Versehen ein wenig Hagebuttentee verschüttete, kriegte er immer beinah einen Herzanfall. Selbst wenn ihn beim Spaziergang nur ein Nachbar fröhlich grüßte, erschrak er so, dass er seinen Kopf einzog und schnell seines Weges ging.
Der Herzkasper kaufte immer im kleinen Laden gegenüber ein. Wenn es sein Knäckebrot nicht gab oder seine Lieblingsdrops, schnappte er nach Luft und sein Herz polterte. „Arrgh“, machte er dann, „mein Herz!“ und musste seine Herztropfen nehmen.
Am liebsten hatte er es, wenn jeder Tag genau gleich war und immer alles ganz genau an seinem Platz war, denn dann brauchte er sich nicht aufzuregen. Er aß auch immer das Gleiche: morgens Knäckebrot mit Marmelade, mittags Grießbrei mit Kirschkompott und abends Knäckebrot mit Streichkäse. Sein treuer Hund Hexenschuss durfte mit am Tisch sitzen und bekam immer seine Portion ab. Er war des Herzkaspers einziger und bester Freund.

Eines Morgens stand der Herzkasper wie gewohnt um sechs Uhr auf. Er kochte Teewasser in der Küche und goss seine kleine Topfpflanze auf dem Fenstersims. Hexenschuss freute sich, dass sein Herrchen wach war und wedelte freudig um seine Beine. Die beiden aßen ihr Marmeladenknäckebrot und tranken ihren Hagebuttentee und schauten verschlafen aus dem Küchenfenster in die Morgendämmerung.
Der Kasper wusch sich das Gesicht und zog seinen Wollmantel an. Dann nahm er Hexenschuss an die Leine und sie gingen hinunter. Da kam ihnen im Treppenhaus ein Nachbar entgegen, der russische Boxer. „Morgen!“, knurrte er im Vorbeigehen. Er trug ein Unterhemd und hatte Oberarme so dick wie Bierkrüge. Der Boxer war dem Kasper noch nie geheuer gewesen, deshalb nickte er nur kurz und schlich schnell hinunter.
Der Himmel draußen war grau, aber es war frühlingswarm. Hexenschuss zog an der Leine. Beim Laufen machte er immer kleine Hopser mit dem Hinterbein, um seinen Rücken zu schonen. Er schnüffelte am Grünstreifen und an dünnen Baumstämmen und verrichtete frohgemut sein Morgengeschäftchen.
Als sie am kleinen Laden gegenüber vorbeikamen, sagte der Herzkasper: „Ach weißt du, lieber Hexenschuss, lass uns noch schnell Milch besorgen, bevor sie uns ausgeht.“ Brav ließ Hexenschuss sich vor dem Laden am Laternenpfahl anbinden.

Er setzte sich hin und wartete geduldig. „Einen Liter Milch bitte“, sagte der Herzkasper indes drinnen zum Kaufmann.
„Ihr habt doch erst gestern welche gekauft“, antwortete der dickbäuchige Kaufmann mit dem runden Kahlkopf.
„Ja“, erklärte der Herzkasper, „aber wir kochen heute Grießbrei, und bevor uns die Milch ausgeht, holen wir lieber gleich neue.“ Sein Herz klopfte nur ein ganz klein wenig, denn er kannte den Kaufmann schon lange, da machte es ihm nicht sehr viel aus, mit ihm zu sprechen.
Der Kaufmann schmunzelte leise in sich hinein und reichte eine Tüte Milch herüber. „Dann guten Tag“, rief er wie immer, „und auf Wiedersehen!“
Der Herzkasper ging hinaus und bückte sich nach seinem Hund – aber der war nicht da. „Nanu?“,

wunderte er sich und dachte, er habe sich im Laternenpfahl geirrt. Er blickte nach links und nach rechts, aber es war kein kleiner schwarzer Hund zu sehen. Da fing sein Herz im Brustkasten an zu rumpeln. Rumpumpumpum.
„Hexenschuss?“, fragte er leise. „Wo bist du denn?“ und drehte sich nach allen Seiten. Da er seinen Hund nirgends entdecken konnte, hämmerte sein Herz immer schneller. Er griff sich an die Brust und japste. „Arrgh, mein Herz!“ Rasch musste er seine Herztropfen nehmen. Die hatte er immer in seiner Manteltasche, wenn er fortging.
„Hexenschuss, mein Kleiner, wo bist du nur?“, fragte er nun etwas lauter. Aber weit und breit war kein Hund in Sicht. Der Herzkasper stand wie festgewachsen und wusste nicht, was er tun sollte. Noch niemals zuvor war Hexenschuss weggelaufen.
Wie er eine Weile so dort stand, sprach ihn plötzlich jemand von der Seite an: „Du suche deine Chund?“
Erschrocken fuhr der Herzkasper herum und sah in das große finstere Gesicht des Boxers von nebenan.
„Ich gesehe deine Chund“, sagte der Boxer. „Ist gefahre fort mit Auto von Chabezack.“
„Wie?“, fragte der Kasper verwirrt. „Was für ein Auto? Welcher Habezack?“
„Große, rosa Schlitte. Gehöre Chabezack. Chat Lokal in Unterstadt“, sagte der Boxer.
„Rosa Schlitten? Unterstadt?“ Der Herzkasper zitterte und verstand nun gar nichts mehr. „Du gehe Unterstadt, du finde rosa Auto, du finde Chabe-

zack, du finde Chund. Aber Achtung: Chabezack gefährlich. Ich dir gebe meine Chandschuhe für boxen, hier.“ Der Boxer holte zwei dicke, braun glänzende Handschuhe aus seiner Sporttasche und drückte sie dem Herzkasper in den Arm. Dann lief er breitbeinig um die Ecke und war verschwunden.

„Aber …“, stammelte der Herzkasper verdattert und betrachtete die großen Boxhandschuhe. Dann holte er tief Luft und strengte sich verzweifelt an zu verstehen, was der Boxer ihm gesagt hatte: Sein kleiner Hexenschuss war also mit einem Mann namens Habezack in einem rosa Auto weggefahren? In ein Lokal in der Unterstadt? Und Habezack war gefährlich? Schon wieder polterte des

Herzkaspers Herz. Man hatte seinen Hund also entführt?! Das war eine unfassbare, unglaubliche und fürchterliche Katastrophe. Er selbst würde nie im ganzen Leben allein in die Unterstadt gehen und seinen Hund aus den Händen dieses Habezacks befreien können, dazu war er viel zu dünn und sein Herz viel zu schwach und es war überhaupt viel zu gefährlich. Oh Gott, oh Gott, oh Gott, was sollte er nur tun? Noch immer stand der Kasper ratlos am selben Fleck.

Da kam ein langer Polizist in blauer Uniform des Weges. Obwohl des Kaspers Herz flimmerte, sprach er ihn an: „Guten Tag, ähm, Herr Polizist!“

„Guten Tag!“, sagte der Polizist und schwenkte lässig seinen Gummiknüppel.

„Ich, ähm, bin der Herzkasper und also mein Hund, der Hexenschuss, der ist entführt worden, eben gerade, von hier weg, von einem Mann mit Namen Habezack, der hat ein rosa Auto und ...“

Der lange Polizist runzelte die Stirn: „Habezack?! Sie meinen doch nicht *den* Habezack? Oh nein, vielen Dank, mit dem lege ich mich nicht an, mit dem ist nicht gut Kirschen essen. Habe die Ehre, der Herr.“ Und schon war auch der Polizist um die Ecke verschwunden.

Der Herzkasper sah ihm nach. Nicht gut Kirschen

essen. Sein Herz hörte gar nicht wieder auf zu klopfen. Sogar der lange Polizist hatte Angst vor diesem Habezack? Gute Güte! Doch so sehr der Herzkasper sich auch fürchtete, er musste handeln, und zwar jetzt. Wer weiß, was der Habezack mit seinem armen Hexenschuss sonst anstellte?! Also marschierte der Kasper mit zitternden Knien aufs Geratewohl los, im rechten Arm die Milchtüte, im linken die Boxhandschuhe und in der Manteltasche die Herztropfen.

Er ging hin und her und las alle Schilder, ob nicht vielleicht eines den Weg in die Unterstadt wies. Und er sah sich alle Autos an, die vorbeifuhren, aber kein einziges davon hatte eine rosa Farbe. Schließlich traf er einen komischen Kauz. „Ähm, bitte, können Sie mir wohl sagen, wo es zur Unterstadt geht?“, fragte der Kasper ihn tapfer.
„In die Unterstadt?“, krächzte der komische Kauz und zog die Augenbrauen hoch. „Na wenn Sie meinen ... Also: hier vorn immer geradeaus bis zum Zugbahnhof, dann den ganzen Berg hinunter, danach die erste Straße links und gleich nochmal scharf links, dann sind Sie da.“

Fremde Leute auf der Straße anreden, große Straßen überqueren, in eine unbekannte Gegend gehen, das machte der Kasper sonst nie, höchstens nachts in seinen Albträumen. Sein Herz war schwer wie ein Stein und rumpelte bei jedem Schritt in seiner Brust. Rumpumpum. Aber es half doch alles

nichts, er musste Hexenschuss finden! So schnell wie möglich! Je weiter er die Straßen hinunterlief, umso grauer wurden die Häuser und umso staubiger die Luft.
Nun bog er links ab, wie der komische Kauz es ihm gesagt hatte. Und die nächste Straße wieder nach links. Hier in der Gasse standen schiefe, dunkle Häuser, viele davon hatten rot leuchtende Fenster, auf manchen standen Worte in Glitzerschrift oder es blinkten neonbunte Leuchtreklamen. Der Kasper wusste nicht, wie spät es war, aber er musste sehr lange gegangen sein, denn es wurde schon Abend.
Merkwürdige Gestalten gingen an ihm vorbei. Eine Prinzessin mit goldenen Haaren und verschmierten Augen. Ein wüster Seppel in abgewetzten Lederhosen. Ein altes Mütterlein mit Katzengesicht. Gute Güte! Der Herzkasper umklammerte seine Milch und die prallen Handschuhe vor der Brust. Solche Leute hatte er in seinem

Leben noch nie zuvor gesehen. Aus manchen Häusern klang Blasmusik und man hörte tiefe Stimmen, grollende Rufe, Klirren und Gelächter. Hier irgendwo sollte Hexenschuss sein? Der Herzkasper tapste voran und ihm war ganz elend ums Herz und im Bauch und überall. Da erspähte er plötzlich am Ende der Gasse unter einem leuchtenden Schild einen großen Wagen in rosa Farbe. „Du finde Auto, du finde Habezack, du finde Hund“, hatte der Boxer gesagt. Jetzt verstand der Kasper, was der Russe mit Schlitten gemeint hatte: Der Wagen war doppelt so lang wie alle anderen Autos, die hier standen, hatte vorne riesige Lampen und hinten silberne Haifischflossen. Der Kasper tastete zur Sicherheit mit dem Ellenbogen an seine Manteltasche, wo die Herztropfen waren. Er blickte zu dem Schild über dem Eingang hinauf, darauf stand in roten Schnörkeln „Para-

dies". Hinter dieser Tür also musste Habezack sein. Vorsichtig reckte er sich, um in die Fenster hineinzusehen, aber die Scheiben waren bunt wie Butzenglas und man konnte nichts erkennen. Nur dumpfe Musik war zu hören. Was mochte dort drin vor sich gehen?

„Also gut", sagte sich der Herzkasper. „Was immer es ist, ich muss da hinein." Rumpumpumpum machte sein Herz, als er die Tür öffnete.

Vor ihm tat sich eine Spelunke voller schunkelnder und grölender Gäste auf. Über ihren Köpfen schwebten Rauchschwaden, es roch nach Bier und Fleischwurst. Vorn an der Bühne saßen drei dicke schweinsnasige Blasmusikanten und machten ohrenbetäubend laute Rumba-Musik. Der Kasper schwankte ein wenig, aber noch bevor er wusste, wie ihm war, entdeckte er auf der Bühne seinen treuen Hund Hexenschuss – wahrhaftig, das war er! Gute Güte! Er hatte ein steifes, rosa Röckchen an und trug eine Schleife zwischen den Ohren. Zusammen mit zwei Pinschern, einem Mops und einem Schnauzer musste er aufrecht stehen und Rumba tanzen. Und das mit seinem armen, kranken Rücken! Seine schwarzen Äuglein waren vor Anstrengung und Not ganz klein. Der Kasper war entsetzt.

„Hexenschuss!", hörte er sich aus vollem Hals rufen.

Schlagartig war es im Saal still und alle Köpfe wandten sich zum Herzkasper um.

Man hörte keinen Mucks mehr. Nur ein leises Geräusch:

Rumpumpumpum. Der Kasper starrte in die Menge. Großköpfige Männer mit breiten Zähnen. Schummrige Frauen mit Frisuren wie wacklige, zerwühlte Vogelnester. Kräftige Kerle mit ölig dünnen Haarsträhnen und aufgekrempelten Hemdsärmeln.
„Was ist los?!“, fragte einer der Männer grimmig.
„Hexenschuss“, sagte der Kasper zittrig. „Das da vorn, der kleine Schwarze, das ist mein Hund Hexenschuss.“ Rumpumpum.
„Was du nicht sagst“, knurrte es da mächtig von der Bühne her. Eine Stimme wie ein Rasiermesser, ein Gesicht wie ein Haifisch, ein Bauch wie ein Gurkenfass. Das war er: Habezack!

Bei seinem Anblick pochte des Kaspers Herz so heftig, dass er vor Angst beinah in Ohnmacht fiel. Seine Schlabbermütze juckte ihn am ganzen Kopf und er schwitzte.
„Was willst du?“, knirschte der Habezack mit spitzen Zähnen im Maul. „Deinen Hund?!“ Er war in einen Anzug mit Streifen gepresst und trug eine glänzend grüne Krawatte.
Dem Kasper wurde schwindelig und am liebsten wäre er jetzt gleich und auf der Stelle hinausgerannt bis ans andere Ende der Welt. Aber als er wieder zu seinem armen Hund hinsah – seinem herzbesten, einzigen Freund – wie er da auf der Bühne stehen und sich plagen musste, da nahm der Kasper all seinen Mut zusammen und sprach: „Ganz recht, Herr Habezack, ich will meinen Hund wiederhaben, und zwar jetzt gleich!“
Die Menge raunte.
„Hahehaheha“, lachte der Habezack, „und wie willst du das anstellen, hm? Ich bin der Habezack! Ich bin der Herr im Haus! Ich habe das Sagen hier und dein Hund gehört jetzt mir! Verstehst du mich, du Kasperkopf? Hahehaheha.“
„Da befinden Sie sich im Irrtum, Herr Habezack, mein Hund gehört zu mir und ich möchte ihn gern mitnehmen“, antwortete der Kasper.
Da stieg der Habezack von der Bühne herunter und setzte sich in Bewegung. „Das woll´n wir doch mal sehen!“, sagte er drohend.
Die Menge guckte zum Kasper hin.
Der bemerkte, wie es in seinem Inneren brodelte und kochte und ehe er sich besinnen konnte, hob sich sein Arm in die Höhe und schleuderte die

Milchtüte quer durch den Saal zum Habezack hin. Poff! Die Tüte traf seinen Gurkenfassbauch und zerplatzte. „Oouuuhh“, röhrte die Menge. Erschrocken blickte der Herzkasper auf seine Hand, welche die Tüte geworfen hatte. ‚War das etwa ich? ‘, wunderte er sich. ‚Gar nicht so übel.‘
Der Habezack stierte fassungslos auf seinen bekleckerten Anzug, dann auf die geplatzte Milchtüte und dann auf den Kasper. „Na warte Freundchen!“, grollte er. „Jetzt sollst du was erleben.“ Mit geballten Fäusten wankte er auf ihn zu.

‚Oh Gott, oh Gott, oh Gott', dachte der Herzkasper starr vor Schreck. ‚Was soll ich jetzt nur tun?' Wieder sah er zu seinem Hundchen hin, das ihn flehentlich anblickte. Da fielen dem Kasper, Gott sei´s gedankt, die Boxhandschuhe ein, die er immer noch an seine Brust gedrückt hielt. Schnell schlüpfte er hinein und fühlte sich auf einmal sehr stark. Und kaum dass der Habezack vor ihm stand und seine Faust erhob, verpasste der Kasper ihm einen Schwinger mit der Rechten. Pauw! Und gleich darauf noch einen mit der Linken. Pauw! Der Habezack taumelte und schwankte und dann fiel er um wie ein Kartoffelsack.

„Fünf! Vier! Drei! Zwei! Eins! Auuuuus!", zählte die Menge lauthals.

Der Habezack stand nicht wieder auf. Da johlte und klatschte die Menge und warf ihre Hüte in die Luft. Der Kasper merkte es kaum, denn er stand und staunte über den Habezack am Boden, über die Boxhandschuhe und über seinen eigenen Mut. ‚Donnerwetter! ', dachte er sich.

Dann blickte er zu seinem lieben Hexenschuss auf der Bühne. Der wedelte freudig mit seinem Stummelschwänzchen und seine Tanzkameraden hopsten vor Freude in die Luft. Schnell lief der Kasper zu ihnen hin und schloss seinen allerliebsten, kleinen Herzhund in die Arme. Endlich hatten sie sich wieder!

„Jetzt aber nichts wie weg hier!", sagte der Kasper. Ohne sich auch nur noch einmal umzusehen, eilte er mit Hexenschuss auf dem Arm aus der Spelunke hinaus auf die nachtdunkle Straße und die anderen Hunde folgten ihnen. Draußen vor der

Tür verabschiedeten sie sich voneinander rasch. „Wiedersehen dann, und alles Gute!", sagte der Kasper. Schwanzwedelnd trollten sich die beiden Pinscher, der Schnauzer und der Mops in die Freiheit. Der Herzkasper und sein lieber Hexenschuss aber machten, dass sie aus der Unterstadt fortkamen und liefen schnellsten Schrittes Richtung Heimat. Als sie in sicherer Entfernung waren und ihre Wohnsiedlung schon in Sicht kam, machten sie eine kurze Verschnaufpause. „Geht's dir auch gut, mein Kleiner?", fragte der Kasper.
„Wöff, wöff", antwortete Hexenschuss und wackelte mit dem Stummelschwänzchen. „Da bin ich froh!", sagte der Kasper, „Gute Güte, war das eine Aufre-

gung! Arrgh! Jetzt muss ich aber sofort und unbedingt meine Herztropfen nehmen.“
Doch da bemerkte der Kasper, dass sein Herz gar nicht mehr rumpelte. Noch nicht mal ein kleines bisschen. Ganz vergessen hatte er es im Eifer des Gefechts. Er horchte nach. „Na sowas“, murmelte er verblüfft. Auf einmal fühlte er sich leicht wie ein Luftballon und ließ seine Tropfen einfach in der Manteltasche stecken.

Endlich kamen sie in ihrer kleinen Wohnung an. Der Herzkasper setzte seinen Hund vorsichtig auf den Boden und schlüpfte aus den wundersamen Boxhandschuhen. Er zog Hexenschuss das dumme Röckchen aus und band die Schleife los. Dann saßen sie noch eine Weile gemütlich auf dem Sofa beieinander und ruhten sich aus. Der Kasper dachte an den Habezack und an die Boxhandschuhe und an die Unterstadt und an seine Herztropfen, bis er sehr müde wurde. An diesem Abend durfte sein Hexenschüsschen ausnahmsweise mit im Kasperbett schlafen.
Am nächsten Morgen nahmen die beiden ein ordentliches Frühstück zu sich und gingen dann gemeinsam hinunter zum Boxer. Sie läuteten an seiner Tür – ohne Herzklopfen.
Als die Tür aufging, sagte der Herzkasper: „Guten Morgen, Herr Boxer. Hier bringe ich Ihnen Ihre Boxhandschuhe zurück.“
Der Boxer rieb sich müde die Augen. „Sie chaben gefunden Chund bei Chabezack?“, fragte er.
„Jawohl. Und Ihre Handschuhe waren mir sehr dienlich. Recht schönen Dank!“ Der Herzkasper

lächelte. „Was chat Chabezack gemacht?“, wollte der Boxer wissen.

„Ach“, sagte der Kasper leichthin, „wenn Sie wollen, kommen Sie doch heute Nachmittag auf eine Tasse Hagebuttentee bei uns vorbei, dann erzählen wir Ihnen die ganze Geschichte.“ „Chagebuttentee?“, fragte der Boxer. „Also gut, ich komme. Und mein Name ist Chenry.“

Da wedelte Hexenschuss mit seinem Stummelschwänzchen und der Kasper freute sich und sie machten sich auf zu ihrem Morgenspaziergang – einmal um den Block, den gleichen Weg wie immer.

Runzelpunzel

Es lebte einst ein kleines, fröhliches Punzelchen in seinem hohen, steinernen Turm zu Rödelheim. Das Punzelchen hatte die allerschönste glatte Alabasterhaut, zart und prall wie eine Aprikose im Frühsommer, und es trug einen langen, geflochtenen, goldenen Zopf, den es wie eine Kostbarkeit hegte und pflegte. Das muntere Punzelchen trieb in seinem Turm tagaus tagein sein Unwesen.
Es pflanzte im Turmgärtlein Rapunzelsalat, schmauchte Pfeifchen mit gar kräftigem Tabak und trank jeden Tag ein Fässlein herrlichen, roten Wein. Es füllte viele ziegenlederne Pergamentpapierrollen mit selbsterfundenen Geschichten, spielte auf der Laute freche Liedchen und lud sich so manchen lustigen Gesellen in seinen Turm ein. Kurzum: Das Punzelchen ließ es sich wohlergehen.

Eines strengen, kalten Winters aber wurde das Punzelchen sehr, sehr krank. Alle Glieder am Leib taten ihm weh und es hatte hohes Fieber. Der Doktor kam, untersuchte es und machte ein tief besorgtes Gesicht. Damit das arme Punzel wieder gesund wer-

den konnte, musste es von nun an alle sieben Tage eine große Flasche mit gar scheußlicher Medizin zu sich nehmen. Diese Medizin half zwar, aber sie war so garstig und giftig, dass dem Punzelchen immer elender zumute ward. Sogar die goldenen Haare rieselten ihm vom Kopf, bis keins mehr droben war. Das Punzel hob das abgefallene Haar auf, flocht es zum Zopf und legte es in eine Schublade. Als es hernach betrübt in sein Spieglein schaute, sah das Punzel, dass nun auch noch seine schöne Alabasterhaut ganz furchtbar faltig und runzlig geworden war. Von diesem Tag an nannten es alle nur noch das Runzelpunzel.
Da legte sich das runzlige Punzelchen in sein Bett und wollte nicht mehr aufstehen. Alle Tage ward ihm so speiübel im Bauch und matt im Kopf, dass es keinen Rapunzelsalat mehr pflanzen, keine Geschichten mehr schreiben, keinen Wein mehr trinken, kein Pfeifchen mehr schmauchen und schon gar keine lustigen Gesellen mehr in sein Schlafgemach hereinlassen mochte.

Die einzige Freude, die unserem armen Runzelpunzel noch blieb, war das Knabbern von Keksen und feinen Nüsslein, aber wohlgemerkt nur an solchen Tagen, wo's im Punzelbauch nicht gar zu sehr rumorte. Dann las das Punzelchen ein schönes Buch und

füllte sich dabei den kleinen Wanst mit leckeren Plätzchen und Walnüssen, die es mit der Rohrzange knackte, weil es keinen Nussknacker besaß. Dann war das Runzelpunzel für eine kleine Weile glücklich und vergaß all seine Sorgen.

Eines kalten Tages aber, es war noch tiefster Winter und draußen herrschte ein kräftiges Schneetreiben, griff das Runzelpunzel beim Lesen eines dicken Schmökers neben sich auf den Knabberteller – er war leer. Alles aufgefressen. Seufzend erhob Punzelchen sich von seiner Bettstatt, um in der Speisekammer Nachschub zu holen. Aber oh weh – auch alle Keksdosen waren leer und im Sack für die Walnüsse lagen nur noch ein paar alte Nussschalen! Was sollte das arme Punzel nun tun?
„Ach, wenn ich doch bloß noch Plätzchen und Nüsse hätte“, jammerte es leise. Ratlos und bekümmert kroch es wieder in sein Bett und zog die Decken über seinen kahlen Kopf.
Aber wie das Runzelpunzelchen gar so traurig in seinem Bett versteckt lag, da vernahm es plötzlich ein leises Klopfen unten an der Turmtür. Das Punzelchen hob die Decken und lauschte. Es klopfte abermals. Da schlüpfte es aus seinem Bett, warf einen Mantel über, ging zum Fenster und sah hin-

unter. Drunten im wilden Schneegestöber stand ein fescher, junger Bote. Er hob seinen Kopf und sah zum Runzelpunzel hinauf. Es blieb aber mit dem Gesicht im Schatten, damit der Bote sein kahles Haupt und die hässlichen Runzeln nicht sehen könne, denn es schämte sich vor dem schönen, jungen Mann.
„Ja bitte?“, rief Punzel zaghaft hinunter.
„Post!“, schallte die Stimme des Jünglings zu ihr hinauf. „Ein Päckchen!“
„Oh!“, sprach das Runzelchen. „Ein Päckchen? Für mich?“
Der Jüngling drunten war ganz angetan von dieser süßen, feinen Stimme und wollte zu gern das Mägdlein da droben genauer ansehen.
„Ihr seid doch das Punzelchen oder nicht?“, fragte er und suchte einen Blick zu erhaschen.
Das Punzel aber ließ sich nicht im Fenster sehen, sondern blieb bei der Seite stehen. Gottlob, der Name Runzelpunzel war noch nicht bis zu dem schönen Jüngling vorgedrungen!
„Ja!“, sprach das Runzelchen. „Das bin ich, aber ich bin sehr krank. Ich darf nicht aus dem Fenster schauen und kann auch nicht hinunterkommen.“
„Wie jammerschade“, sagte da der Jüngling leise. Dem Runzelpunzel ward ganz schwer ums Herz, als es ihn so seufzen hörte. Aber es half nichts, er

durfte es nicht sehen, so grässlich wie sein haarloser Kopf und sein faltiges Antlitz aussahen.
„Ich lasse mein Haar herunter“, sprach das Punzelchen, dann könnt Ihr das Päckchen daran festbinden und ich ziehe es zu mir herauf!“
Das Runzelpunzel holte geschwind seinen langen Zopf aus der Lade herbei und ließ ihn am Turm hinunter.

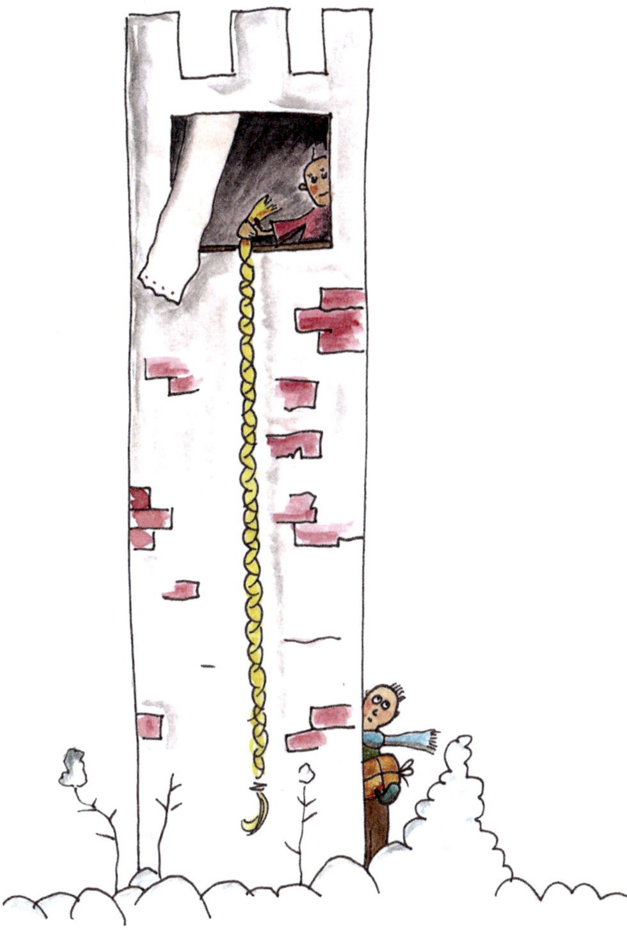

Der Jüngling drunten sah das goldene Haar und dachte bei sich: `Was muss das für ein hübsches Mädchen sein, mit dieser glockenhellen Stimme und dem schönen goldenen Haar ...`
Er band also das Päckchen an dem Zopf fest und das Runzelpunzelchen zog ihn rasch hinauf.
„Dank recht schön!", rief es dem Jüngling zu. „Auf Wiedersehen!" Es schloss das Turmfenster und sah hinterher, wie der fesche Bursche durch das Schneegestöber von dannen zog. "Ach, wäre ich doch nur gesund und hübsch", dachte das Punzelchen traurig, "dann könnt' ich den Burschen wohl einmal zu mir einladen".
Sogleich betrachtete Runzel das Päckchen von allen Seiten und fragte sich aufgeregt, von wem es wohl sein könnte. Da erkannte es das rote Siegel von Burgfräulein Schokotrude zu Halle und Prinzessin Kiwigunde zu Leipzig! Ach, wie freute sich da unser Runzelpunzel! Es jauchzte, sprang und hopste umher, punzelte, grunzte und sabberte und wusste sich kaum zu lassen vor lauter Freude! Schokotrude und Kiwigunde, die beiden Gefährtinnen aus wilden Tagen im tiefen Thüringer Wald, hatten ihm ein Päckchen gesandt! Vorsichtig rüttelte das Punzel daran. Was mochte wohl darinnen sein? Es knisterte und rumpelte leise im Innern. Hastig brach das punzlige Runzel das Siegel entzwei, öffnete das Päckchen und was fiel da heraus? Walnüsslein und die allerköstlichsten, wohlduftendsten, himmlischsten Plätzchen, die ein Mensch sich nur denken konnte! Was hatte unser Runzel-

chen nur für ein Glück! Just eben in diesem Augenblick waren ihm die Kekse ausgegangen – und da kam, wie vom Schicksal gerufen, ein Päckchen von seinen treuen Gevatterinnen aus dem wilden Osten. Wie war das möglich? Konnten die beiden etwa Gedanken lesen? Oh, und welche Köstlichkeiten aus Marzipan, Vanille und Schokolade da zutage kamen! Das Runzelpunzelchen leckte sich die Lippen, mmmh! Als es das erste Plätzchen in seinen gierigen, kleinen Schlund schob, fühlte es sich gleich viel besser. Beim zweiten Plätzchen kam es sich stärker und gesünder vor. Beim dritten Plätzchen aber, da verspürte das Punzel plötzlich ein solches Knistern und Knastern und Rascheln in seinem Gesicht, das ihm ganz seltsam zumute ward. Was war geschehen? Punzelchen tastete mit den Fingern an seine Wangen und seine Stirn. Nanu, wo waren denn auf einmal all die Runzeln? Das Punzel eilte zu seinem Spieglein – und wahrhaftig: vor lauter Freude über die köstlichen Kekse von Kiwigunde und Schokotrude hatte es wieder seine glatte, zarte Alabasterhaut und rosig rote Backen bekommen. Ein Wunder war geschehen! Das Punzelchen stopfte sich sogleich noch eine Handvoll Kekse in den Mund und betrachtete zufrieden sein Antlitz.

Da kam ihm eine Idee: Es holte eine wollene Mütze aus dem Schrank,

setzte sie auf und schob das Ende des goldenen Zopfes darunter. So fiel das geflochtene Haar über seine Schultern und es sah ganz echt aus! Und schließlich war es Winter, da trug doch alle Welt dicke Mützen, niemand würde etwas bemerken. Das Punzelchen freute sich. Nun war es kein kahles Runzelpunzel mehr und konnte sich wieder aller Welt zeigen. Sogleich steckte es seinen Kopf aus dem Turmfenster und sah den feschen Boten in weiter Ferne im Schnee dahinlaufen. Beherzt tat es zwei Finger zwischen die Lippen und stieß einen lauten Pfiff aus. Der Bote blieb stehen und drehte sich um. Da erkannte er das Punzelchen in seinem Turm und eilte auf dem schnellsten Weg zurück.
Als er schnaufend unter dem Turm stand und hinaufsah, dachte er sich: „Ich habe mich nicht getäuscht, das Punzelchen ist ein gar schönes Mädchen“.
„Dürft Ihr denn ans Fenster?“, fragte er ganz außer Atem. „Ihr seid doch so krank!“
„Es geht mir schon viel besser“, sprach das Punzel. „Das Päckchen, das Ihr gebracht habt, hat mir sehr geholfen!“
„Oh, wie mich das freut!“, antwortete der fesche Bote.
Da sagte das Punzelchen vergnügt: „Wenn Ihr einmal wieder in der Gegend seid, so kommt doch auf ein Glas Tee und ein paar Kekse zu mir herauf, dann können wir ein wenig plaudern.“
„Ich wüsste nicht, was ich lieber täte“, sprach der Bote und lächelte von einem Ohr zum anderen. „Gleich morgen hätt’ ich hier in der Gegend wieder

zu tun." „Ach, ja", strahlte da das Punzel, „grad Morgen wär's mir sehr recht."
Nun aber musste der Bote rasch weiterziehen und seine Arbeit verrichten. So winkten sie einander zu, bis er im Schneegestöber verschwunden war, und freuten sich auf ihr Wiedersehen am nächsten Tag.

Der dunkle Unk

Es lebte einst in einer alten Felsengrotte am Fluss der dunkle Unk. Dort wohnte er ganz allein. Der dunkle Unk war mächtig dick und wabbelig wie ein großer Pudding. Sein gelblicher Leib war mit braunen Flecken gesprenkelt, die wie Kleckse aussahen.

In seiner dusteren, modrigen Grotte hatte der Unk schon seit vielen Jahren nicht mehr aufgeräumt. Allerlei Unrat lag herum, kaputtes Werkzeug und alte Töpfe hingen an den Wänden, der Boden war matschig und es tropfte von der Decke. Der alte Unk bewegte sich nicht gern und redete nicht viel. Er saß den lieben langen Tag in seiner Felsengrotte, schaute hinaus und ärgerte sich über das, was er sah: die Ameisen, die auf dem Weg vor den Felsen hin- und her wuselten, über das ewige Gerausche und Geknarze der hohen

Tannen, die Fliegen, die munter an ihm vorübersummten. Einmal an jedem Tag lief der unendlich langsame Storch vorbei, er war der Postbote in der Felsengegend, trug eine blaue Umhängetasche und hieß Schorschl.
„He, Schorschl!“, sagte der dunkle Unk oft zu ihm. „Wenn du weiter so lahm durch die Gegend latschst, kommt die Post noch in hundert Jahren nicht an.“
„Guten Tag auch!“, sagte der Storch und ging seines Weges. Er hörte schon lange nicht mehr darauf, was der Unk zu ihm sagte.
Dann und wann kam der Nachbar Dachs zur Unkengrotte und fragte, ob er wohl ein Werkzeug ausleihen dürfe. „Siehst du hier irgendwo Werkzeug?“, wetterte der Unk. „Und hätte ich welches, würde ich‘s ganz bestimmt nicht ausleihen, man kriegt‘s ja doch nie zurück!“ Dann runzelte der Dachs die Stirn und verzog sich wieder.
Über der Unkengrotte war ein Nest mit jungen Finken und jetzt im Frühjahr flogen die Finkeneltern tagaus tagein hin und her, um ihre kleine Brut zu füttern. Es war ein Gepiepse und Gezirpe, dass es nicht zu ertragen war. Der dunkle Unk klopfte immer mit einem alten Topf gegen die Höhlendecke. „Ist jetzt endlich Ruhe da

oben?! Vermaledeites Gezwitscher!“ Und einmal im Jahr, immer im Frühling, kamen alte Unkenkumpel mit ihren Rucksäcken vorbei. „Grüß dich Gott, dunkler Unk!“, sagten sie. „Kommst du mit uns zur Unkenwanderung? Wir haben auch ein paar Krügl feinen Biers dabei!“
„Wandern?“, murrte der Unk. „Das hat mir gerade noch gefehlt! Ist viel zu anstrengend. Und wozu soll man wandern, wenn man geruhsam in seiner Höhle sitzen kann?“
„Na, aus Spaß an der Freud‘!“, riefen die Unkenkumpel.
„Pah“, sagte der dunkle Unk. „Darauf kann ich verzichten.“
So zogen die Unkenkumpel rasch wieder von dannen und schmetterten in der Ferne ein fröhliches Wanderlied.
Am allerschrecklichsten aber waren seine Geburtstage. Da kam die gesamte Unkenverwandtschaft zu Besuch. All die lästigen Vettern, Basen, Onkels und Tanten standen vor der Höhle und wollten gratulieren.
„Zum Geburtstag gratulieren?!“, fuhr er sie an. „Was soll das? Man wird älter und stirbt eines Tages. Soll das etwa ein Grund zum Feiern sein?!“

An einem schönen Frühlingstag hörte der dunkle Unk ein vielstimmiges, hohes Gekicher und Gelächter. „Was ist denn das schon wieder?“, schimpfte er und schob seinen mächtigen Unkenkopf etwas vor, um aus der Grotte hinaussehen zu können. Da erblickte er auf einem wackligen, knatternden Gefährt einen wimmelnden Haufen

winziger Kröten, die alle durcheinander quasselten, kieksten und kicherten. Sie kamen näher. Ein Albtraum, dachte der Unk.
„Seid gefälligst leise!“, herrschte er sie an, als sie bei seiner Höhle angelangt waren.
Die kleinen Kröten kicherten. „Hallihallohallöchen“, piepsten sie und sprangen von ihrem Wagen herab. „Hey, schaut mal! Das ist ja ´ne coole Grotte. Kommt alle rein!“
„Was?!“, rief der dunkle Unk „Halt!“
„Juchuuu, hoppladihoppi“, kieksten die winzigen Kröten und schon wuselten sie alle durch die Grotte, sprangen umeinander, kletterten die Wände hoch, baumelten an den Töpfen und turnten über den Unrat.
Der dunkle Unk wendete seinen schweren Wabbelkopf hin und her und wusste nicht, wie ihm geschah.
„Halt!“, rief er. „Was fällt euch ein? Ich bin der dunkle Unk!“
Die Kröten hielten inne. „Und wir sind die Kicherkröten“, sagte die Kleinste unter ihnen.
Und gleich hopsten sie wieder wild um ihn herum. „Hier feiern wir heute eine Party, eine Grottenparty, los los los, au jaaa!“ Sie wirbelten hinaus zu ihrem Wagen, holten Girlanden, Limonade, bunte Bonbons, Zuckerstangen, Gitarren, Schlagzeug und Flöten und bauten alles in Windeseile auf.
Dem dunklen Unk stand der Schlund offen, er konnte es nicht fassen. Als er wieder zur Besinnung kam, brüllte er: „Habt ihr den Verstand verloren?! Schert euch auf der Stelle aus meiner Höhle!“

„He!“, riefen die kleinen Kröten. „Sei doch kein Frosch!“
„Hahahahaha“, lachten sie und wälzten sich am Boden. Und bevor der Unk wieder loswettern konnte, war das wildeste Fest im Gange: die Kicherkröten spielten Musik, tanzten Rock’n Roll auf dem Tisch, warfen ihre Beinchen in die Luft, quasselten durcheinander, tranken Limonade und sangen: „Yapdidudap, oh yeah, oh yapdidu!“ Es war ein Gekicher und Gewusel und Getänzel und Gedudel in der Grotte, dass dem dunklen Unk die Augen klapperten.
So etwas hatte er noch nicht erlebt. Nun war es aber endgültig genug! Er holte tief Luft und seine Backen wurden dick und prall.
„Rrrruhe hier!!“, brüllte der Unk so laut, dass die Grottenwände zitterten und der Putz von der Decke rieselte. Er griff eine Pfanne und hob sie drohend in die Höhe: „Wenn ihr nicht sofort verschwindet, mache ich euch platt! Und zwar jeden Einzelnen!“ Die kleinen Kröten bildeten einen Kreis und tanzten um ihn herum. „Du bist ja vielleicht

ein Witzbold!“, rief eine. „Dann sind wir Plattkicherkröten.“ „Kicherplattkröten“, sagte die nächste. „Ich lach mich platt“, rief eine andere. Die kleinen Kröten bogen sich vor Lachen. Hahahahaha.
Sie kletterten seinen mächtigen Leib hinauf, krabbelten hin und her und rutschten an ihm hinunter. „Huiiiiiii!“, riefen sie. „Wie ein Berg aus Pudding!“ Das kribbelte wie verrückt und kitzelte den dunklen Unk überall. Etwas gluckerte auf einmal in seiner Kehle, sein Bauch fing an zu wackeln, sein Mund verzog sich und dann kam ein Geräusch aus ihm heraus: „Eh-he-he-he“.
„Nanu?“, wunderte sich der dunkle Unk. „Was war denn das?“
„Er hat gelacht!“, riefen die Kicherkröten. „Er ist kitzlig!“
„Gelacht?“, dachte der dunkle Unk. So ist es also, wenn man lacht?
„Komm, wir kitzeln ihn nochmal!“ „Nichts da!“, schimpfte der Unk, „Jetzt ist Feierabend! Schluss! Aus! Ende!“ Da sagten die Kicherkröten: „Muuu-

uah, wir sind auch schon ganz müde. Hier auf dem Unk ist es schön warm und gemütlich. Kommt, wir legen uns schlafen."
„Untersteht euch!", sagte der Unk empört.
Aber da lagen die Kicherkröten schon gemütlich eingerollt in den Falten seines fetten Fleisches und schnarchten leise.
Der dunkle Unk war überrumpelt.
Draußen zirpten die Grillen. Die Mondsichel schwebte am Himmel und spiegelte sich auf den ruhigen Fluten des Flusses. Von all dem bunten Durcheinander wurde nun auch der dunkle Unk sehr müde. Seine Augen fielen ihm zu. „Gleich morgen in der Frühe jage ich sie davon", dachte er. Dann schlief er ein.
Als der Unk am nächsten Morgen erwachte, waren die Kicherkröten schon auf. Wispernd und scherzend brieten sie Speck und Eier in der Pfanne und kochten Kaffee.
„Guten Morgen, dunkler Unk!", sagten sie fröhlich. „Wir haben Frühstück gemacht. Hier, Kaffee und Eier mit Speck!"
Der Unk war noch ganz verschlafen, er brachte kaum seine Augen auf.

“Ein Schluck Kaffee wird mir gut tun“,dachte er. Er trank etwas Kaffee und kostete ein paar Bissen von den Eiern mit Speck. Gleich würde er ein Machtwort sprechen und die Kröten hochkant aus der Höhle werfen. Aber noch bevor er sein dunkles Unkenmaul auftun konnte, packten die Kicherkröten ihre Sächelchen zusammen, luden sie auf ihren Wagen, riefen „Aufwiederseeehn“, winkten ihm zum Abschied und fuhren kichernd und knatternd davon.
Der dunkle Unk sah ihnen verdutzt nach. Weg waren sie. Na, Gottseidank. Das war ja vielleicht ein Überfall. So etwas war ihm seiner Lebtage noch nicht untergekommen. So ein Saupack, ein elendiges. Er seufzte und guckte in die Gegend. Der Fluss rauschte, die Tannen knarzten, die Ameisen liefen hin und her. Und am Nachmittag schlich der Storchbriefträger Schorschl langsam vorbei. Endlich hatte der dunkle Unk wieder seine Ruhe und konnte es sich in seinem Morast bequem machen.
Der Tag verging und es wurde Abend. Irgendetwas gefiel dem Unk heute nicht recht in seiner Höhle. Er schob seinen schweren Hintern mal auf den einen, mal auf den anderen Platz. Der Boden kratzte ihn. Der Unrat lag im Weg und störte ihn. Ob er ein wenig Ordnung schaffen sollte? Er räumte eine Pfanne von hier nach dort und einen Eimer von hüben nach drüben. Aber es nützte nichts, er fühlte sich nicht wohl in seiner Unkenhaut. Etwas fehlte ihm, aber er wusste nicht was. Er musste daran denken, wie er gestern zum ersten Mal in seinem Unkenleben gelacht hatte. Das war ein merkwürdiges Gefühl gewesen. Wie sein

Bauch gewackelt und sein Mund sich verzogen und es in seiner Kehle gegluckert hatte. „Vielleicht könnte ich es noch einmal versuchen“, dachte der dunkle Unk. Er wackelte mit seinem dicken Bauch, er verzog seinen Mund und er sagte: „H, h“. Aber alleine wollte ihm das Lachen nicht gelingen. Und als der Unk sich alsdann zum Schlafen bereitmachte, dachte er daran, wie die kleinen Kicherkröten in seinen Falten geschlummert hatten. Das war gar nicht mal so übel, wie man meinen sollte.

In dieser Nacht schlief der Unk schlecht und träumte schwer. Am Morgen wachte er elend und gerädert auf und war noch schlechter gelaunt als sonst. Er sah aus seiner Grotte hinaus. Alles war wie immer. Der Fluss rauschte, die Tannen knarzten, die Ameisen liefen hin und her. Der dunkle Unk ertappte sich dabei, wie er heimlich Ausschau hielt und lauschte, ob nicht irgendwo ein knatteriges Gefährt zu sehen oder ein Kichern zu hören war. Nichts. Die Kicherkröten waren fort. Über alle Berge. Wer weiß wohin. In der endlos weiten Ferne verschwunden.

Die Tage gingen dahin, einer wie der andere, und der dunkle Unk saß trübe und matt im Morast seiner Grotte.

Am achten Tage aber kam in der frühen Abendstunde der langsame Storch Schorschl vorbei. Vor der Höhle des Unks hielt er an. „Recht schönen guten Tag auch!“, sagte der Storch.

„He, Schorschl!“, sagte der dunkle Unk. „Wenn du weiter so lahm durch die Gegend latschst, kommt die Post noch in hundert Jahren nicht an.“ Der Storch griff in seine Umhängetasche. „Jaja, das mag wohl sein“, sagte er. „Hier, ich habe Post für Sie.“

„Für mich?“, sagte der Unk verwundert. Das musste ein Irrtum sein. Er hatte noch nie Post bekommen.

Storch Schorschl holte eine Postkarte heraus und gab sie dem Unk. „Hier, bitte sehr!“, sagte er. Dann schlich er weiter seines Weges.

Der Unk blickte auf die Karte. Vorne war ein Bild vom weißen Strand mit roten Sonnenschirmen am blauen Meer und auf der Rückseite stand geschrieben: „Hallihallohallöchen dunkler Unk! Wir sind für gut zwei Wochen in den sonnigen Süden gereist. Nach Italien! Hier ist es sehr lustig. Wir denken noch gerne an die wilde Party in deiner coolen Grotte. Auf der Rückreise kommen wir dich wieder besuchen. Bis bald! Deine Kicherkröten.“

“So eine Saubande“, dachte der dunkle Unk. Italien! Sonniger Süden! Mich wieder besuchen! Das wär‘ ja noch schöner. Da lief aus seinem rechten Unkenauge ein dicker Tropfen heraus und rann seine Wange hinunter. Er wischte ihn rasch weg und schaute nach oben. Das konnte nur von der Decke kommen. Verdammtes Getropfe hier in der verdammten Höhle!

Dann steckte der Unk seinen Kopf aus der Grotte und sah dem

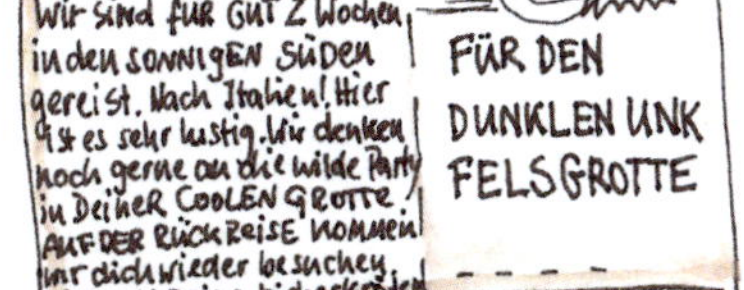

Schorschl nach, der noch keine zehn Schritte weit gekommen war. „He, Schorschl!“, rief der dunkle Unk. Der Storch hörte gar nicht hin, denn er wusste ja, was der Unk wieder sagen würde.
„Danke für die Karte!“, brummte der Unk.
Da blieb der Storch stehen. Nach einer Weile wandte er sich um und sagte: „Bitte sehr! Gern geschehen. Und einen recht schönen Abend noch.“

Der Unk aber nahm einen Hammer und einen Nagel und hängte die Postkarte mit dem weißen Strand und dem blauen Meer an seine Höhlenwand. Dann machte er es sich bequem und sah hinaus. Die blasse Sichel des Mondes stieg am Himmel auf, die Tannen knarzten und der Fluss rauschte. Von diesem Abend an fand der dunkle Unk es in seiner Grotte wieder sehr gemütlich.

Holla, die Waldfee

Es lebte einst in einem großen, lichten Wald eine kleine Fee mit Namen Holla. Sie trug ihr feines, blondes Haar lang bis zu den Hüften, hatte eine spitze Nase und ihr Gesicht war mit zarten Sommersprossen übersät. Holla hatte kugelrunde, dunkelblaue Augen, die jede Minute etwas Neues erblickten. Wie ein unruhiger Zitronenfalter flatterte sie in ihrem gelben Kleid mal da hin, mal dort hin und konnte keinen Moment stillhalten. Ihre kleinen Füße bewegte sie dabei so schnell, dass es aussah, als ob sie schwebte. Holla war nicht größer als eine Gänseblume, aber abenteuerlustig wie ein Pirat. Sie wohnte mit ihren kleinen Feeneltern in einer gemütlichen Wohnung aus Blättern und Moos unter den Wurzeln der dritten Eiche von rechts im Feenwald. Morgens pur-

zelte Holla, kaum dass sie erwacht war, tatendurstig aus ihrem Bett, huschte ins Bad, bespritzte sich rasch mit etwas Wasser und wirbelte in die Küche. Wenn sie sich zu den Eltern an den Frühstückstisch setzte und den Kakaolöffel aus Versehen antippte, machte der gleich einen Salto durch die Luft, und sie rührte so ungestüm in ihrem Kakao, dass er jedes Mal überschwappte. Dann schleckte Holla die Flecken geschwind mit dem Finger vom Tisch und sah ihre Feeneltern treuherzig an. Ihr kleiner Vater war etwas rundlich und trug eine dicke Brille und ihre kleine, blonde Mutter hatte fast immer Lockenwickler auf dem Kopf. Beide rollten mit den Augen und seufzten über Hollas Ungeschicklichkeit. Aber bevor die Eltern ihren Mund auftun und Holla ermahnen konnten, war sie schon wieder radschlagend und pirouettendrehend davongeschwirrt.

In der kleinen Feenschule hatten die Lehrerinnen ihre liebe Not mit Holla. Immer zappelte und schaukelte sie auf ihrem Stuhl, bastelte unter der Bank bunte Papierbälle, rief die Antworten dazwischen und stellte vorlaute Fragen. Sobald die Pausenglocke läutete, sprang Holla auf den Tisch und jonglierte auf einem Bein mit Papierbällen oder Blaubeeren oder Radiergummis oder was sie sonst in die Finger bekam.

Eines Tages baute sie in der Pause in Windeseile einen Turm aus Stühlen so hoch, dass er bis an die Decke des Klassenzimmers reichte. Sie kletterte hinauf, saß ganz oben und sang lautstark einen Gassenhauer:

Ich tanze und singe
und drehe mich schnell,
ich springe und laufe,
mich juckt das Fell.
Ich hopse wie ein Gummiball,
habe meine Augen überall.
Ich hibble, zapple, turne herum,
ich hab kein´ Schiss,
ich habe Mumm.
Darum liebe Leute, gebet Acht,
ich treibe Unfug, bis es kracht!

Die anderen Feenbuben und Feenmädchen standen um Holla herum und sahen zu. Manche sagten: „Komm lieber da runter!“, oder „Das gibt wieder Ärger!“ Aber weil sie so laut sang, hörte Holla es nicht. Und sie merkte auch

nicht, wie es zur nächsten Stunde läutete und die Feenlehrerin mit dem rosa Pulli hereinkam. Strengen Auges blickte sie zu Holla hinauf und rief mit spitzer Stimme: „Holla, komm da sofort herunter!"
„O wei, oh wei", sagte Holla, als sie die Lehrerin sah und da geriet auf einmal der ganze hohe Turm aus Stühlen ins Wanken, brach zusammen und Holla fiel mit Krach und Holterdiepolter hinunter. Verdattert saß sie am Boden. Gottlob war ihr nichts passiert, denn sie war sehr gelenkig und biegsam und nicht zimperlich.
„Holla", sprach die Lehrerin erbost, „es ist in der Feenschule verboten, Türme aus Stühlen zu bauen, darauf herumzuturnen und laute Lieder zu singen! So, zur Strafe wirst du heute drei Stunden nachsitzen und Schreibübungen machen. Das soll dir eine Lehre sein!"
Holla hasste Schreibübungen. Und als die anderen Feenkinder nach der Schule fröhlich nach Hause zum spielen gingen, brütete Holla den ganzen Nachmittag missmutig über ihren Strafarbeiten.
Als sie nach Hause kam, warteten ihre Eltern schon an der Tür.
„Holla", sagte ihre kleine, blonde Mutter, „wo bist du wieder so lange gewesen?"
„Nachsitzen!", grummelte Holla. „Drei Stunden! Nur weil ich in der Pause ein bisschen, ähm, geturnt und gesungen habe."
„Holla, Holla", sagte ihr kleiner Vater trübsinnig, „so kann das mit dir nicht weitergehen! Wir müssen uns einmal ernsthaft unterhalten!" Das sagte er jeden Abend, und jeden Abend versprach Holla

hoch und heiligst, nichts mehr anzustellen und ein liebes, ruhiges, braves, nettes Feenmädchen zu werden. Ganz wirklich.

Einige Tage später spielte Holla am Nachmittag draußen auf der Wiese. Sie flocht eifrig feste Seile aus langen Grashalmen und band sie an Buschzweigen fest. Dann schwang sie sich wie Tarzan von einem Ast zum nächsten. Dabei juchzte sie aus Leibeskräften und ihr langes, semmelblondes Feenhaar flatterte im Wind. Als sie gerade wieder in vollem Schwung war, sah sie vorn im Busch einen Zeisig sitzen, der ein fröhliches Liedchen pfiff.
„Bahn frei, Kartoffelbrei!", rief Holla. Aber es war zu spät. Sie schubste den arglosen Zeisig mit ihren Feenfüßen vom Ast, er fiel auf den Waldboden und blieb dort liegen. Holla sah hinunter: „He, Zeisig, alles in Ordnung?"
„Piep", machte der Zeisig kümmerlich.

Hast du nicht gesehen ließ Holla sich an ihrem Seil hinabgleiten und landete mit einem harten Plumps neben dem Vogel.
„Hast du dir wehgetan?", fragte sie.

„Piep", sagte der Zeisig abermals leise. Holla runzelte ihre sommersprossige Nase. „Vielleicht hat der Piepmatz sich was gebrochen", dachte sie betrübt. „

Immer bin ich so ungeschickt! Wenn ich jetzt Hilfe hole, werden es wieder alle erfahren."
„Na komm, du Kleiner!", bat sie mit hellem, allerliebstem Stimmchen. „Flieg wieder auf den Baum. Hopp?"
Der kleine Vogel aber rührte sich nicht und machte keinen Muckser mehr. Oh wei, oh wei, oh wei. Es half nichts, der Feendoktor musste gerufen werden.
„Bin gleich wieder da!", versprach sie dem armen Zeisig und trudelte wieselflink davon.
Dann kam sie zurück und brachte den Feendoktor mit, der den armen Zeisig gründlich untersuchte.
„Rippen geprellt und Bein gebrochen", stellte der Doktor fest und sah Holla durch seine klitzekleine Nickelbrille vorwurfsvoll an.
Holla wurde rot im Gesicht und sagte: „Tut mir wirklich leid, Zeisig! Ich hoffe, du bist bald wieder gesund, ja?"
Der Doktor schüttelte seinen Kopf mit den abstehenden Ohren und machte dem Zeisig einen Verband mit grüner Bruch- und Prellsalbe.

Als Holla am Abend nach Hause kam, warteten ihre Eltern schon an der Tür. Sie hatten schon von dem Unglück gehört, denn Neuigkeiten sprachen sich im Feenwald in Windeseile herum.
„Na Holla, was hast du uns zu sagen?", fragte die Mutter mit den knallblonden Springlocken.
Holla kreuzte ihre Feenfüße und verschränkte die Arme hinterm Rücken. „Hm, ja, ich hab aus Versehen den Zeisig vom Ast geschubst." „Holla, Holla", sagte der Vater, „wir müssen uns einmal

sehr ernsthaft unterhalten." Und nach der sehr ernsthaften Unterhaltung versprach Holla, dass sie von nun an wirklich besser aufpassen werde. Ganz bestimmt.

Drei Tage lang gab Holla gut Acht. Sie spielte Hopsen und Halma und Gummitwist mit den lieben Feenmädchen und passte auf, dass nichts passierte.
Am vierten Tag spielte Holla mit den drei Feenjungs Bob, Bubi und Bert unter den Farngewächsen am Bach Fangen. Und wie sie das Wasser so munter dahinsprudeln sah, dachte sie, wie lustig es wäre, mit einem Floß darauf herum zu paddeln.
„Kommt Jungs, lasst uns ein Floß bauen und über den Bach schippern!", rief sie.
„Zu gefährlich!", sagte der blasse Bob.
„Ja, stimmt. Lieber nicht", sagte auch Bubi mit der Stupsnase.
Nur der kernige Bert hatte Lust. „Gute Idee!", sagte er. „Ich habe sogar ein Taschenmesser dabei." Also sammelten er und Holla dicke Äste, schnitzten und zimmerten sie zurecht, banden sie mit Grashalmen zusammen und bauten ein richtig schönes Floß. Bob und Bubi sahen neugierig zu. Als das Floß fertig war, schoben sie es mit zum Bach hinunter. Holla stieg ins Wasser und hielt das Floß fest. „Los Jungs, steigt auf! Wer kommt mit?" Bert kletterte hinauf, Bob und Bubi wussten nicht so recht, ob sie sollten oder nicht oder doch.
„Auf geht's!", rief Holla „Das wird eine tolle Fahrt!" Da wollten Bob und Bubi doch mit und stiegen vorsichtig aufs Floß. So fuhr Holla mit den drei

Feenbuben gar lustig übers plätschernde und gurgelnde Wasser dahin.
„Jucheiii!“, rief Holla vor Freude und Abenteuervergnügen. Das Floß wurde immer schneller, die Flechten und Zweige und Blüten am Bach rasten nur so vorbei.
„Juchhei, Juchoo!“, rief Holla. Es konnte ihr gar nicht schnell genug gehen. So machte das Leben Spaß. Bubi und Bob klammerten sich ängstlich an den Ästen des Floßes fest.
„Zu schnell!“, jammerte der blasse Bob.
„Papperlapapp“, rief Holla in sausender Fahrt, „huuiiiii!“.
„Wir wollen lieber anhalten“, jammerte Bubi.
Aber es ging nun bergab und das Floß schwamm noch schneller direkt auf einen Abhang zu, wo das Wasser nur so hinunterrauschte. Das Floß schlingerte und wackelte, dass es eine Art hatte. Nun bekam es auch der kernige Bert mit der Angst zu tun. „Wir müssen sofort anhalten!“, rief er.

Oh wei, oh wei, oh wei. Holla erkannte die Gefahr und versuchte, die Äste am Ufer zu fassen. Als sie aber welche greifen konnte, rutschte das Floß unter den Feenkindern weg, rappelte über die Steine hinunter und zersprang in viele Teile. Alle vier fielen ins Wasser. Holla, Bert und Bob schwammen rasch ans Ufer und kletterten hinaus.

„Hiiiiilfe“, rief Bubi keuchend und prustend. „Kann nicht schwimmen!“ Er ruderte wild mit den Armen. Holla riss schnell einen Ast ab und streckte ihn Bubi hin.

„Hiiilfe“, rief er so gellend, dass es durch den ganzen Wald hallte. Da kam das ganze Feenvolk herbeigelaufen – Feenmänner und Feenfrauen und der Feendoktor und auch Hollas kleine Eltern, um zu sehen, was geschehen war. Alle halfen nun mit, Bubi am Ast aus dem Wasser zu ziehen. Weinend und schlotternd krabbelte er an Land. Puh, das war knapp!

„Wer war das?“, fragte der Feendoktor. „Wer, bitteschön, hatte die aberwitzige Idee, mit dem Floß auf dem Bach zu fahren?“

Holla kniff die Lippen zusammen und traute sich nicht es zuzugeben.

„Die da!“, heulte Bubi. „Holla war‘s!“

„Holla, hast du das Floß gebaut? War das deine Idee?“, fragte der Doktor empört.

„Ja“, sagte Holla schließlich kleinlaut.

„Du hast dich und die drei Buben in große Gefahr gebracht!“, sagte der Doktor ernst.

„Ich weiß“, murmelte Holla, „aber ich wollte nur, wir wollten so gern ...“

„Nichts aber!“, schnitt der Doktor ihr das Wort ab. „Jetzt muss sich endlich etwas ändern, bevor noch Schlimmeres passiert!“
Hollas Eltern sahen ihre Tochter sorgenvoll an. Am liebsten wäre Holla im Boden versunken, denn sie wollte ihren lieben Eltern doch keinen Kummer machen.
Als sie zu Hause waren, sagte der Vater: „Holla, jetzt ist endgültig Schluss! Wir müssen dir Hausarrest geben.“
„Oh nein!“, wimmerte Holla. „Alles, nur keinen Hausarrest!“
„Eine Woche lang!“, sagte der Vater. „Es geht nicht anders. Vielleicht kommst du dann endlich zur Vernunft.“

Fünf unendlich ewig lange Tage saß Holla nun nach der Schule jeden Tag in ihrem kleinen Feenzimmer und langweilte sich fürchterlich. Niemand besuchte sie und sie durfte nicht draußen spielen. Sie bastelte Papierflieger und sang kleine Liedchen und las in ihren Bilderbüchern und sah aus dem Fenster, aber die Zeit wollte und wollte nicht vergehen. Immer wieder grübelte Holla darüber nach, wie sie sich nur endlich bessern könnte.
Am sechsten Tag aber war ihr so schauerlich und grauslich fad, dass sie es nicht mehr

aushalten konnte. Ihr Vater war Beeren sammeln und ihre Mutter machte ein Nickerchen. Wenn Holla eine ganz kurze, schnelle Stunde fort wäre, würde es sicher niemand bemerken. Und so schlich sie sich heimlich auf Zehenspitzen davon. Sie ging zu ihrem Lieblingsplatz, der tief im Wald auf einem kleinen Hügel versteckt lag. Als sie hinaufstieg, sah sie dort jemanden sitzen. Und als sie näher kam, erkannte sie, dass es auch eine kleine Fee war. Die trug ihr erdbeerrotes Feenhaar ganz verwuschelt und hatte lustige, bunte Kleider an.
„He!“, sagte Holla. „Wer bist du denn? Und was machst du an meinem Lieblingsplatz, hm?“
Die Fee drehte den Kopf mit den wilden Wuschelhaaren herum und sagte: „Ich bin Huschhusch, die Waldfee, und wer bist du?“
„Ich heiße Holla. Du sitzt auf meinem Platz.“
„Na, wir können doch beide hier sitzen“, sagte Huschhusch und rückte zur Seite. „Willst du mal?“, fragte sie und hielt Holla ein kleines Pfeifchen hin, aus dem ein zarter Schleier dampfte.
„Was ist das?“, fragte Holla und setzte sich hin.

„Waldkräuter. Schmecken gut!“, sagte Huschhusch.
„Klar, gib her“, sagte Holla. Sie nahm das Pfeifchen, in dem grüne Kräutlein glühten, und zog daran. „Hm, nicht schlecht!“, sagte sie und gab sie Huschhusch zurück. „Huschhusch ist aber ein sehr merkwürdiger Name“, sagte Holla.
„Ja, so heiße ich, weil bei mir immer alles huschhusch geht. Mir kann‘s nie schnell genug gehen, ich mach immer zehn Sachen auf einmal und renne statt zu laufen und kann nicht still halten ...“
„Ach“, seufzte Holla, „das kenn‘ ich.“
„Wirklich?“, fragte Huschhusch.
„Ja“, sagte Holla, „ich bin genauso. Ich schlage Räder statt normal zu laufen und drehe Pirouetten, wenn ich stillstehen soll, und schaukle an Seilen, statt brav zu spielen ...“
„Das ist ja prima!“, freute sich Huschhusch.
„O nein!“, sagte Holla leise. „Ich mach allen immer nur Ärger. Jetzt bin ich auch noch heimlich ausgebüxt, ich hab nämlich Hausarrest.“
Und so erzählte Holla zerknirscht ihre ganze Geschichte. Von dem Turm aus Stühlen in der Schule und den Strafarbeiten, vom verletzten Zeisig und von der wilden Fahrt mit dem Floß. Huschhusch hörte zu und saugte dann und wann an ihrem Pfeifchen. Dann sagte sie: „Du kannst jonglieren und auf Stuhltürmen sitzen und wie Tarzan an Seilen schwingen? Das ist ja toll!“
Holla sah Huschhusch verwundert an.
„Genau so eine wie dich brauchen wir!“, sagte Huschhusch.

„Wer ist ‚wir'?", fragte Holla. „Na wir, der Feenwanderzirkus! Hast du noch nicht gehört, dass wir seit gestern hier im Feenwald sind, gleich drüben im nächsten Dorf?"
„Ach so?", sagte Holla. „Nein, davon hab ich nichts gehört. Ein Feenzirkus?"
„Ja, ich ziehe mit meinen Eltern und meinen Brüdern und Schwestern und Tanten und Onkels und Cousins und Cousinen und den Zirkuskäfern und Heupferdchen durch die Lande. Jede Woche geben wir an einem anderen Ort eine Vorstellung. Da führen wir Trapezkünste und Akrobatik und Seiltanz vor." Huschhusch plapperte wie ein Wasserfall und holte kaum Luft.
Holla aber lauschte mit großen Ohren, ihr Herz schlug auf einmal höher und sie wollte immer noch mehr und noch mehr von dem Feenwanderzirkus hören.
Langsam dämmerte es im Feenwald und die Spatzen auf den Bäumen sangen leise ihre Abendlieder. Huschhusch sah Holla fröhlich an und sagte: „Komm mit, ich zeig dir alles!"

Sie nahm Holla bei der Hand und so liefen sie den Hügel hinunter. Sie sprangen und hopsten und rannten und wuselten durch den Wald. Bis sie zu einer kleinen Lichtung kamen, auf der ein Zirkuszelt aufgebaut war. Davor standen bunte Wägelchen und Tischlein und Stühle. Und überall liefen kleine und große Feenleute in lustigen Kleidern umher, spielten mit Bällen, stemmten Gewichte, turnten oder probierten Kunststücke mit den Zirkuskäfern und Heupferdchen. Holla war ganz außer Atem und staunte. So etwas hatte sie noch nicht gesehen. Und alle hatten erdbeerrote oder apfelsinenfarbene Wuschelfrisuren wie Huschhusch, sogar die Käfer und Pferdchen.

„Hallo zusammen!“, rief Huschhusch aus. „Seht mal, wen ich mitgebracht habe!“ Die Feenkinder und die Eltern und Tanten und Onkels liefen herbei. „Das ist Holla, sie kann jonglieren und balancieren und an Seilen schwingen, stimmt‘s?“

Holla wurde mit großem Hallo begrüßt, alle standen um sie herum und beguckten sie und fragten, was sie denn alles könne. Sogleich wurden Stühle und Bälle herbeigeholt und Holla sollte ihre Künste vorführen. Zuerst war sie etwas zaghaft und unsicher, aber dann legte sie los und jonglierte wie der Teufel mit den Bällen. Danach baute sie geschwind wie der Wind einen waghalsig hohen Turm aus Stühlen, kletterte hinauf und sang ihren Gassenhauer.

Ich tanze und singe
und drehe mich schnell,
ich springe und laufe,
mich juckt das Fell.
Ich hopse wie ein Gummiball,
habe meine Augen überall.
Ich hibble, zapple, turne herum,
ich hab kein´ Schiss,
ich habe Mumm.
Darum liebe Leute, gebet Acht,
ich treibe Unfug, bis es kracht!

Die anderen klatschten und feuerten sie an und lachten und Holla hatte einen mordsmäßigen Heidenspaß. Alsdann wurde Essen und Trinken herbeigetragen und ein Feuerchen angezündet, um das alle herumsaßen und sangen, aßen und trommelten und Holla mittendrin. Sie war so froh und vergnügt, dass sie alles vergaß, die Schule, den Ärger, den Zeisig, das Floß und ihre Eltern. Spät in der Nacht schlief Holla erschöpft und glücklich am Feuer neben Huschhusch ein.
Als Holla am nächsten Morgen ihre Augen aufschlug, sagte sie gleich zu Huschhusch: „Hier bleib ich!"
„Wie?", fragte Huschhusch und blinzelte verschlafen mit den Äuglein.
„Ich will dableiben und von nun an mit euch durch die Lande ziehen, jawohl", sagte Holla.
„Juchhuuu!", rief Huschhusch. Sie sprang in die Höhe und führte mit Holla einen wilden Freudentanz auf. „Juchu Juchei, Holla ist dabei! Juchu Juchei, Holla ist dabei!" Da wachten auch die

anderen alle auf und stimmten sogleich mit ein. Holla und Huschhusch tanzten und tollten und rollten über den Zirkusplatz, machten Bockspringen, schlugen Räder und Saltos und machten Flickflacks. „Juchu Juchei, Holla ist dabei!“
Huschhuschs Eltern aber sahen den beiden nachdenklich zu. Nach einer Weile kam ihre Mutter, die ein buntes Flatterkleidchen und lange Glitzerohrringe trug und sagte: „Holla, du bist eine Wucht und wir freuen uns sehr, wenn du uns begleitest, aber du musst zuerst mit deinen Eltern sprechen.“
Da fiel es Holla kochendheiß und siedend plötzlich ein: Sie hatte ja ihre Eltern ganz vergessen! Die waren bestimmt schon halb verrückt vor Sorge, weil sie über Nacht nicht nach Hause gekommen war. Oh wei, oh wei, oh wei, was sollte sie jetzt machen? Das würde einen riesengroßen Monsterärger geben und bestimmt bekam sie jetzt einhundert Wochen Hausarrest. Ihr wurde ganz schlecht, wenn sie nur daran dachte.
„Was soll ich denn bloß machen?“, jammerte Holla. „Meine Eltern werden schrecklich böse auf mich sein und sie werden niemals erlauben, dass ich in eurem Zirkus mitreise.“ Und dann erzählte Holla abermals ihre ganze Geschichte, von der Schule, vom Zeisig, von Bert, Bubi und Bob und vom Hausarrest. Die Feenzirkusfamilie war zusammengerückt und alle hörten aufmerksam zu. Dann dachten sie angestrengt nach, alle grübelten und überlegten, sogar die Käfer und Heupferdchen. Alsdann erhob sich ein Getuschel und Geflüster unter den Feenzirkusleuten. Huschhuschs Eltern gingen etwas beiseite und steckten

die Köpfe zusammen, so dass Holla nicht verstehen konnte, was sie sagten.
Schließlich schob Huschhuschs Vater die Daumen hinter seine peppigen Hosenträger und verkündete dies: „Also, wir schlagen vor, wir machen es so: Du trittst heute Abend zur Probe mit uns auf, damit du erstens weißt, ob es dir wirklich gefällt und zweitens siehst, wie das Publikum dich findet. Und wenn du dann immer noch unbedingt dabei sein willst, dann entscheiden wir, was als nächstes zu tun ist. Gut? Gut! Schlag ein!"
Holla zögerte nicht lange, reichte Huschhuschs Vater die Hand und schlug ein. Denn sie konnte sich nichts Schöneres auf der Welt vorstellen als im Zirkus mit dabei zu sein und sie lechzte danach, ihre Künste vorzuführen.
Huschhuschs Eltern verzogen sich tuschelnd vom Platz und verschwanden für eine ganze Weile. Holla bemerkte es kaum, denn sie wollte sofort anfangen zu üben.

Als der Abend kam und die Lichterketten über dem Zirkusdach leuchteten, strömten viele festlich gekleidete Feenbesucher herbei und standen in einer langen Schlange vor dem Zelt. Sie setzten sich rund um die Manege auf ihre Plätze und bald waren alle Ränge gefüllt. Holla stand mit Huschhusch und den anderen hinterm Vorhang im Dunkeln und war ganz hibbelig und kribbelig vor lauter Aufregung.
Das Quasseln und Murmeln der vielen Feenbesucher verstummte langsam. Dann erklang Musik und die Vorstellung begann.

Zuerst waren die Clowns an der Reihe, danach ritten Huschhuschs Brüder und Cousins in wildem Galopp auf den Heupferdchen durch die Manege und bei der nächsten Nummer verbogen sich Huschhuschs Eltern in lila Glitzerkostümen wie zwei Brezeln. Und dann, endlich, war Holla an der Reihe. Als sie zusammen mit Huschhusch in die Manege schritt und die Scheinwerfer auf sie herab schienen, überkam sie ein warmes Glücksgefühl wie im Paradies. Huschhuschs Brüder warteten schon oben am Trapez und sie führten alle miteinander eine abenteuerliche Nummer auf, bei der Holla Pirouetten in der Luft drehte und mit Saltos von einer Schaukel zur nächsten sprang. Sie bekamen tosenden Applaus. Huschhusch und ihre Brüder trollten sich aus der Manege, denn nun hatte Holla allein ihren Auftritt. Zuerst jonglierte sie mit fünf Bällen, dann mit acht und dann mit zehn. Alles klappte und sie machte keinen einzigen Fehler. Das Feenvolk klatschte laut und Holla platzte beinahe vor Freude. Zum Schluss baute sie einen schwindelerregend hohen Turm aus Stühlen und kletterte von einem zum anderen hinauf.
Trommelwirbel.
Schweißperlen standen auf Hollas Stirn.
Jetzt setzte sie sich vorsichtig ganz oben auf den allerhöchsten Stuhl. Das Feenpublikum hielt den Atem an.
Holla sah für einen kurzen Moment hinunter – und da entdeckte sie plötzlich unten in der Menge die Gesichter ihres Vaters und ihrer Mutter! Beide sahen mit großen, runden Augen zu ihr hinauf.

Der Vater mit der Brille und die Mutter mit den Springlocken. Jawohl, das waren sie! Wie waren sie hierher gekommen? Oh wei, oh wei, oh wei, dachte Holla. Und auf einmal geriet der Turm ins Wackeln und Wanken und Schwanken und die Feenleute machten vor Schreck „huaaah“. Um ein Haar wäre Holla mit Krach und Gepolter hinuntergepurzelt, aber sie bewegte geschickt ihr Hinterteil und schaffte es, das Gleichgewicht zu halten. In der Manege war es so still, dass man die Heupferdchen hinterm Vorhang schnaufen hören konnte. Holla hatte einen dicken Kloß im Hals, aber dann nahm sie ihren ganzen Mut zusammen und sang mit kräftiger Stimme ihr lustiges Lied.

Ich tanze und singe und drehe mich schnell,
ich springe und laufe, mich juckt das Fell.
Ich hopse wie ein Gummiball,
habe meine Augen überall.
Ich hibble, zapple, turne herum,
ich hab kein´ Schiss, ich habe Mumm.
Darum liebe Leute, gebet Acht,
ich treibe Unfug, bis es kracht!

Da sprangen die Feenleute von ihren Sitzen und klatschten mit. Das kleine Zirkuszelt im Feenwald krachte bald aus den Nähten vor Wummtata und Bombenstimmung. Gottlob, alles war gerade nochmal gut gegangen!
Dann kletterte Holla hoppladihopp von ihrem Turm herunter, streckte die Arme nach beiden Seiten aus und verneigte sich. Es ertönte donnernder Applaus und die Feenleute johlten und

trampelten vor Begeisterung mit ihren vielen kleinen Füßen. Der Applaus kribbelte auf Hollas Haut wie Brausepulver, wie Schaumblasen. Es war wunderbar köstlich. Als sie sich aufrichtete, sah sie wieder zu ihren Eltern hin: Es hatte auch sie von den Stühlen gerissen und sie klatschten und jubelten ihr zu.

Da kriegte Holla nasse Augen, denn sie freute sich so, ihre Eltern zu sehen und sie freute sich so, dass ihre Eltern sie sahen und sie hatte ein bisschen Angst und war so glücklich und so stolz und alles ging in ihrem heißen Kopf durcheinander. Holla musste sich noch viele Male verneigen, bis sie schließlich aus der Manege hinter den Vorhang taumelte.

Huschhusch empfing sie: „Holla, juchei, jucho, das war Superextraspitzenmeisterklasse! Aber warum weinst du denn?“

„Meine Eltern!“, keuchte Holla. „Meine Eltern sind da!“ Und da kamen ihr kleiner Vater und ihre kleine Mutter auch schon hinter den Vorhang gelaufen. Und dann ging wieder alles durcheinander. Ihre Eltern umarmten sie und schimpften, sie lobten sie und zogen sie am Ohr, sie lachten und weinten.

„Wie seid ihr denn hierhergekommen?“, schniefte Holla.

„Och“, sagte ihr kleiner Vater, „zwei Vögelchen haben uns gezwitschert, dass hier heute Abend eine besonders sehenswerte Zirkusvorstellung ist.“

„Die Vögelchen hatten apfelsinenfarbene Wuschelhaare“, sagte die Mutter und zwinkerte Huschhuschs Eltern zu. Da verstand Holla. „Die haben uns auch erzählt, dass du eine besonders umwerfende Zirkusartistin bist“, fuhr die Mutter fort.

„Hm“, sagte der Vater „und dass sie eine wie dich unbedingt in ihren Vorstellungen brauchen.“

Holla fiel vor Freude fast in Ohnmacht. „Darf ich?!“, fragte sie aufgeregt „Oh ja, bitte darf ich?“

„Aber nur, wenn du uns jede Woche besuchst.“

„Haaaaaa“, rief Holla, „na sowieso, na klar, auf jeden Fall!“. Sie fiel ihren Eltern um den Hals und drückte sie so fest sie konnte.

„So, genug gesäuselt, jetzt wird ein Fest gefeiert!“, sagte Huschhuschs Vater und ließ freudig seine Hosenträger schnalzen.

Im Nullkommanichts waren vor dem Zirkus Tischlein, Bänklein und Stühlchen aufgestellt, Lampions aufgehängt, Wein- und Bierfässlein herbeigerollt, Feuerchen angezündet und winzige Schweinswürstel gegrillt. Alle saßen beisammen, Holla, ihre Eltern und Huschhusch, die ganze Zirkusfamilie, die Käfer und Heupferdchen. Sie hoben die Gläser und sangen Lieder und ließen sich die Würstel schmecken, mit viel Senf, und feierten unterm Sternenhimmel in der lauen Sommernacht. Huschhusch saß neben Holla und nuckelte zufrieden an ihrem Kräuterpfeifchen. Und Holla war so glücklich wie noch nie in ihrem Leben.

Der Krabusterfranz

Es lebte einst in einem Tal am Waldrand ein Holzhacker in seinem Haus. Man nannte ihn den Krabusterfranz. Er war zehn Fuß groß und breit wie ein Eichenschrank. Sein vierkantiger Kopf saß ihm, wie es schien, ohne Hals auf den mächtigen Schultern. Seine Hände waren so breit wie zwei Ruderblätter, seine Finger so dick wie Hartwürste. Seine Füße waren schwer wie zwei Eisensteine und die Erde zitterte, wenn er darüber ging. Jeden Tag lief der Krabusterfranz mit seiner schweren Axt hinaus in den Wald und hackte das Holz. Er war so stark, dass er den dicksten Baum mit nur fünf kräftigen Axthieben fällen konnte. Die allerschwersten Stämme schleppte er mit nur einer Hand hinter sich her. Wenn er sich am Mittag zur Rast niedersetzte, aß er fünf Ringe Fleischwurst und drei Laib Brot und trank vier Krüge Wasser. Kam der Franz abends nach getaner Arbeit in sein Haus zurück, stieß er die Tür meist so heftig auf, dass sie mit einem lauten Knall aus den Angeln fiel und in einer Staubwolke am Boden liegen blieb. „Sackzement!“, fluchte der Krabusterfranz alsdann. Sein hagerer Knecht Ulf stellte ihm stets eine Abendmahlzeit und einen Krug klaren

Wassers hin. Setzte der Krabusterfranz sich aber auf seinen Stuhl, so brach er nicht selten in Stücke. Griff er den Wasserkrug, so brach ihm der Henkel ab. Und hieb er mit seiner Gabel auf sein Fleisch ein, so brach sie ihm gleich entzwei. „Sackzement und Himmelarsch!“, fluchte dann der Krabusterfranz so laut, dass die steinernen Wände seines kleinen Hauses zitterten und er rief seinen Knecht herbei, dass er die Dinge in Ordnung bringen solle. Und wenn der Krabusterfranz nachts in sein Bett fiel, so brach es oft unter ihm zusammen.
„Herr Franz“, sprach oftmals sein Knecht zu ihm, „möchten Sie doch etwas mehr Vorsicht walten lassen?“
Dann wurde der Krabusterfranz zornesrot im Gesicht, ballte seine dicken Fäuste und geriet in Tobsucht: „Sackzement, Himmelarsch und Granatenschlag!“
Der brave Knecht Ulf war‘s gewohnt, schwieg still und trollte sich an den Herd. Er hatte alle Tage damit zu schaffen, die Tür, die Stühle und alles, was sonst zu Bruch gegangen war, wieder herzurichten und zusammenzuleimen.

Eines Tages aber, als der Krabusterfranz abends mit zehn Baumstämmen im Schlepp zu seinem Haus kam, lief ihm sein Knecht schon entgegen. „Herr Franz, Herr Franz!“, rief er aufgeregt.

„Wos?“, fragte der Krabusterfranz. „An der Böschung dort, sehen Sie nur, eine Kutsche...!“
Der Krabusterfranz blickte hinüber und sah eine Kutsche, die mit gebrochenem Rad schief an der Böschung neben dem Weg hing. Er ließ seine Stämme an Ort und Stelle fallen, so dass die Erde erbebte und Staub aufquoll.
An der Kutsche angelangt sprach der Krabusterfranz zum Kutscher: „Wos is‘?“
„Pardon?“, fragte der Kutscher, der nicht gleich verstand. „Wos is‘?“, donnerte der Krabusterfranz ungeduldig.

„Er fragt, was geschehen ist“, übersetzte der eifrige Knecht Ulf. Der Kutscher war in feinen Zwirn gehüllt. Er trug weiße Kniestrümpfe und auf dem Kopfe eine Zopfperücke. „Ah, verstehe!“, sprach er, „die Kutsche ist hier abgerutscht, das Rad ist gebrochen und ...“

„Dös mach mer scho“, sprach der Krabusterfranz und schickte sich an, die Kutsche hochzuheben.

„Neiiiin“, rief da der Kutscher aus, „nicht hochheben!“

„Warum?“, fragte der Krabusterfranz.

„In der Kutsche sitzt die Prinzessin!“

„Solls auskumma!“

„Das ist es ja“, erklärte der Kutscher. „Das ist nicht möglich. Dort drin sitzt nämlich die Glasknochenprinzessin. Sie ist am Arm verletzt. Noch eine falsche Bewegung und sie bricht sich alle Knochen im Leib.“

„So wos“, brummte der Krabusterfranz.

„Wir müssen ganz behutsam vorgehen“, sprach der Kutscher. „Ich werde zurück zum Schloss reiten und Hilfe holen. Wenn Sie derweil so freundlich wären, auf die Prinzessin aufzupassen und die Kutsche festzuhalten?“

„Jo mei“, sprach der Krabusterfranz.

„Pardon, wie bitte?“, fragte der Kutscher.

„Das wollen wir recht gern tun!“, übersetzte Knecht Ulf. „Das ist sehr freundlich von Ihnen. Ich reite so schnell ich kann und werde morgen Mittag zurück

sein. Recht vielen Dank!“, sprach der Kutscher und reichte dem Krabusterfranz die Hand. Der aber drückte so fest zu, dass der Kutscher aufheulte und rote Ohren bekam. Dann schüttelte er seine Hand aus, sprang auf sein Pferd und ritt eilends davon.

Der Krabusterfranz indes holte zwei dicke Holzscheite und rammte sie mit seinen kräftigen Pranken so unter die Kutsche, dass sie festen Halt hatte.

„Schau mer eini“, sprach er und griff nach der Kutschentür. Im selben Moment aber, als er sie anrührte, hatte er auch schon die ganze Tür in der Hand und die Kutsche wackelte.

„Sackzement!“, fluchte er.

Von drinnen her hörte man ein leises Wimmern. Der Franz warf die Tür zu Boden und sie sprang gleich entzwei. Dann wollte er auf das Trittbrett steigen, aber das fiel ab, sobald er seinen schwe-

ren Fuß daraufsetzte. „Sackzement und Himmelarsch!“, brummte er.
Abermals ertönte von drinnen ein Wimmern.
Als er sich am Türrahmen festhielt und mit einem Satz in die Kutsche steigen wollte, brach der Rahmen heraus und mit ihm die ganze Kutschenwand.
„Sackzement, Himmelarsch und Granatenschlag!“, brüllte der Krabusterfranz.
Da sah er in der Kutsche die Glasknochenprinzessin in der hintersten Ecke der Bank kauern. Sie hatte ein kleines, zartes Gesicht, zwei blitzblaue Sternäuglein, ganz helle Haut und blonde Locken und sie trug ein Kleid aus feinen, weißen Spitzen. Dem Krabusterfranz aber ward auf einmal, als rolle ihm ein warmes Feuer durch den Leib, als sprühten Funken in seinem Bauch, als sei das Unterste zuoberst gekehrt, als quölle Dampf aus seinen Ohren und als wollten ihm die Augen aus dem Kopf fallen.
Doch da rutschte plötzlich die Kutsche noch ein Stück die Böschung hinunter. Die Prinzessin wimmerte abermals und der Krabusterfranz kam wieder zu sich.
„Wir müssen sie herausholen, Herr Franz!“, sprach Knecht Ulf.
Der Krabusterfranz kratzte sich am breiten Schädel und dachte nach. Wie sollte er das Fräulein, ohne ihr Schaden zuzufügen, heil aus dem Wagen holen? Er streckte seine breite Hand nach ihr aus, aber die Prinzessin sah ihn nur verschreckt an und rührte sich nicht von der Stelle. Da hatte er einen Einfall. Er beugte sich nach vorn, streckte

den Arm aus und legte seine breite Hand vor ihre kleinen Füße.
„Steigens auf!“, sprach er.
Die Prinzessin sah ihn verwundert an.
„Aufsteign!“, sprach er abermals und nickte mit seinem großen Vierkantkopf.
Also setzte die zierliche Prinzessin erst den einen und dann den anderen Fuß auf die Hand vom Krabusterfranz. Und langsam, ganz langsam hob er sie heraus.
Knecht Ulf stand dabei und hielt den Atem an.
Wie der Krabusterfranz die Prinzessin so auf seiner Hand hielt, kam sie ihm leicht wie eine Feder vor. Er wagte kaum sie anzusehen, damit keiner der gläsernen Knochen in ihrem zarten Leib zerspränge. „Lassen Sie mich jetzt herunter!“, rief die Prinzessin ängstlich, denn sie fürchtete sich

vor dem riesigen, wüsten Kerl. „Jo, glei“, sprach der Krabusterfranz und trug sie rasch zum Haus hin, damit sie sich dort niederlegen könne. Der brave Knecht Ulf eilte vor ihnen her, öffnete die Tür und bereitete die Kissen auf der einfachen Bettstatt.

„Lassen Sie mich endlich herunter!“, befahl die Prinzessin.

So vorsichtig wie er nur konnte, setzte der Krabusterfranz die Prinzessin auf seiner Bettstatt ab – doch es war noch zu ungestüm! Knacks! machte es im Bein der Prinzessin und ihr entwich ein kleiner, heller Schrei, der dem Krabusterfranz bis ins Mark hineinfuhr. „Sackzement!“, fluchte er.

„Au, au, mein Bein“, jammerte die Prinzessin.

So ein ungehobelter Geselle, dachte sie sich. Einer Ohnmacht nahe, legte sie sich erschöpft auf die Kissen nieder und fiel sogleich in tiefen Schlaf.

„Wir müssen den Doktor holen!“, sprach Knecht Ulf und lief ins Dorf hinunter.

Der Krabusterfranz aber blieb am Bett stehen, blickte die Prinzessin an und wieder ward ihm so seltsam warm im Bauch zumute. Sie sah auf seiner großen Bettstatt ganz klein aus und ihre zarten Wangen waren rot gefärbt.

Nach einer Zeit kam der Knecht mit dem Herrn Doktor wieder. Der untersuchte die schlafende Prinzessin und sprach: „Da braucht‘s einen Kamillenverband an Arm und Bein und Heilkräutertee und drei Tage strikte Bettruhe!“ Der Herr Dok-

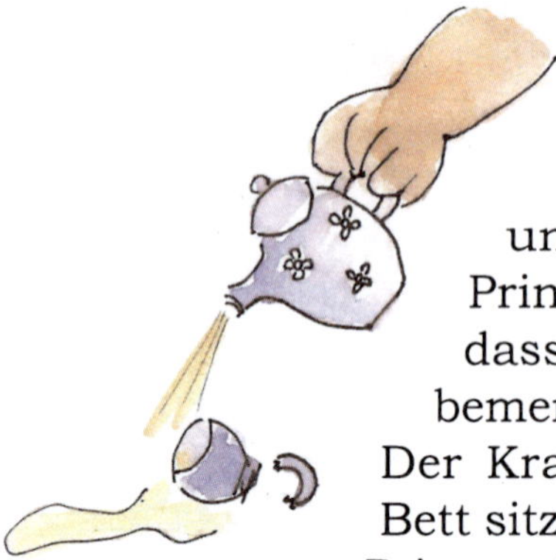

tor legte die Verbände an, gab dem Franz einen Beutel mit Heilkräutern und empfahl sich. Die Prinzessin schlief so fest, dass sie von alldem nichts bemerkte.
Der Krabusterfranz blieb am Bett sitzen und wartete, bis die Prinzessin erwachte, damit sie ihren Kräutertee trinken konnte. Sie schlief aber die ganze Nacht. Und lang nach Mitternacht, als der Mond schon weit über den dunklen Himmel gewandert war, schlief auch der Franz auf seinem Stuhl ein.
Als die Glasknochenprinzessin am nächsten Morgen in aller Früh erwachte, sah sie den räudigen Kerl schlafend neben ihrem Bett sitzen und dachte sich: „Er mag wohl doch kein solcher Wüstling sein, wo er die ganze Nacht auf einem Stuhl bei meinem Bett sitzt.“ Dann sah sie den Verband an ihrem Arm und ihrem Fuß und weckte den Franz auf.
„Was ist das?“, fragte sie. „War der Doktor hier?“
Der Krabusterfranz öffnete seine Augen. „Scho“, erwiderte er, noch matt vom schweren Schlaf.
Auch der Knecht wurde wach und sprach: „Drei Tage müssen Sie bleiben, Frau Prinzessin, und Heilkräutertee trinken.“
„Drei Tage?“, rief sie aus. „Um Himmelswillen, so lange kann ich doch nicht hier bleiben!“ Die Glasknochenprinzessin wollte um nichts in der Welt

in diesem kargen Haus bei diesem grobschlächtigen Holzhacker bleiben und schickte sich an, sich zu erheben.
„Nix do!“, sprach der Franz. „Liegnbleibn!“
Ihre Verletzungen schmerzten die Prinzessin zu sehr, also gehorchte sie unglücklich.
Der Krabusterfranz stand auf, reckte sich und gähnte laut. Alsdann begab er sich zum Herd und machte sich daran, aus den Kräutern einen starken Tee zu bereiten.
„Herr Franz, lassen Sie mich das tun!“, sprach sein braver Knecht.
„Na, moch i sölber!“, entgegnete der Franz.
Da wunderte sich Knecht Ulf, denn sein Herr hatte noch niemals selbst den Tee gekocht.
Die Prinzessin aber beobachtete den Krabusterfranz von ihrem Bett aus. Ein solches Mannsbild hatte sie noch nie zuvor gesehen. Groß wie ein Baum, Hände so breit wie Schaufeln, Arme so breit wie Brotlaibe und Schultern so breit wie ein Eichenschrank.
Er gab sich alle Mühe, dass beim Bereiten des Tees nichts zu Bruch gehen konnte. Doch schon riss von der Tasse der Henkel ab. „Sackzement!“, fluchte er. Danach verschüttete er den Tee beim Aufgießen. „Sackzement und Himmelarsch!“, rief er aus. Und dann fiel ihm auch noch der Wassertopf hinunter. „Sackzement, Himmelarsch und Granatenschlag!“ Gerade wollte er wieder in Tobsucht geraten, als er das erschreckte Gesicht der Glasknochenprinzessin sah. Da riss der Krabusterfranz sich am Riemen und beruhigte sich. Knecht Ulf erbot sich abermals ihm zur Hand zu

gehen, doch der Franz wollte alles selbst machen. So achtsam wie er es eben vermochte, brachte er den Tee zur Bettstatt hin und gab ihn der Prinzessin. So grob hatte sie noch niemals einen Menschen sprechen hören. Aber sie merkte wohl, dass der Krabusterfranz sich redlich mühte.
„Alles austrinken!“, sprach er.
Die Prinzessin schluckte artig den kräftigen Heilkräutertee und fühlte sich gleich viel besser.
Knecht Ulf bemerkte wohl, wie sein Herr sich zusehends geschickter anstellte, je länger die Glasknochenprinzessin zugegen war. Zum Frühstück briet der Franz Eier mit Zwiebeln, Speck und Blutwurst in der Pfanne und brachte sie der Prinzessin. Sie betrachtete die Speise voller Argwohn, doch dann probierte sie einen Bissen und wunderte sich, wie gut es schmeckte. So aß sie denn den ganzen Teller leer. Da freute sich der Krabusterfranz und die Prinzessin freute sich auch und lächelte ihn an. Davon ward dem Franz abermals so merkwürdig flau im Bauch zumute und das Blut stieg ihm zu Kopf.
Da erkannte die Glasknochenprinzessin, dass der Krabusterfranz ihr zugetan und reinen Herzens war. Ganz anders als die fein parfümierten Prinzen und Fürstensöhne, die am Schloss ihres Vaters um sie warben. Die hatten manikürte Fingernägel, gepudertes Haar, hohe Stimmen und machten blumige Worte, dabei hatten sie in Wahrheit nur Gold, Geld und Ansehen im Sinn.

Am nächsten Tage kam der Kutscher mit zwei Gehilfen herbei. Die Prinzessin sagte ihm, was der

Doktor befohlen habe und dass sie drei Tage hier bleiben müsse.
„Ihr Herr Vater ist in großer Sorge und fragt an, ob er selbst herkommen soll“, sprach da der Kutscher.
„Ach nein!“, sprach die Prinzessin. „Das braucht er nicht. Richten Sie meinem lieben Vater aus, dass hier aufs Beste für mich gesorgt ist. Lassen Sie nur die Kutsche herrichten und holen Sie mich in drei Tagen wieder ab!“
Der Kutscher wunderte sich sehr über die Prinzessin, aber er tat, wie ihm geheißen.

Jeden Tag genas die Glasknochenprinzessin ein wenig mehr. Der Krabusterfranz kochte ihr Tee und Fleischbrühe und Schweinskopfsülze und Saumagen, damit sie zu Kräften komme. Er riss jeden Morgen einen Strauß Blumen samt den Wurzeln aus der Erde, damit sie sich daran erfreue. Er lehrte sie das Binokeln und sie spielten zu dritt, damit es ihr die Zeit vertreibe. Am letzten Abend goss er sich selbst, dem Knecht Ulf und der Prinzessin drei Schnäpse ein, damit sie frohen Mutes werde. Es erfreute des Franzens Herz, wenn die Prinzessin lachte und Vergnügen hatte.

Als aber der Morgen des vierten Tages anbrach, ward der Krabusterfranz noch misslauniger und polteriger als je zuvor und fluchte in einem fort. Die Glasknochenprinzessin machte sich nichts daraus, denn sie wusste nun, dass er ein gutes Herz hatte. Sie hatte den Franz liebgewonnen. Deshalb sprach sie, als der Kutscher schließlich kam, zum Franz: „Komm mit aufs Schloss, Du sollst meinen Vater, den König, kennenlernen."
Dem Franz war nicht wohl bei der Sache, er war seiner Lebtage noch nicht auf einem Schloss gewesen, aber er wollte die Prinzessin doch nicht alleine fortreisen lassen. Und so half er ihr vorsichtig in die Kutsche, stieg selbst mit ein und begleitete sie.

Am Schloss wartete schon der Vater und mit ihm der ganze Hofstaat auf die Prinzessin.
Zuerst stieg der Franz rumpelnd aus der Kutsche. Der Königsvater machte runde Augen. Einen solchen Kerl hatte er noch nicht gesehen: groß wie ein Baum, Hände so breit wie Schaufeln, Arme

so breit wie Brotlaibe und Schultern so breit wie ein Eichenschrank. Auch die Hofdamen und Hofherren und die gesamte Dienerschaft reckten ihre Hälse. Sie raunten und tuschelten und starrten den Franz an. Der hielt der Prinzessin seine Pranke hin und half ihr so behutsam wie er konnte beim Aussteigen.

„Guten Tag, lieber Vater!“, sprach die Prinzessin. „Schau! Ich habe den Krabusterfranz mitgebracht.“

Der König empfing seine Tochter mit Freuden und umarmte sie sacht. „Wie froh bin ich, dass du wieder da bist!“, sprach er. „Geht es dir auch gut?“

„O ja, lieber Vater!“, antwortete die Prinzessin. „Heute schon darf ich den Verband vom Arm und vom Fuß abnehmen.“

Der König sah am Franz hinauf und wieder hinunter und konnte nicht glauben, dass seine arme Tochter drei Tage bei diesem räudigen Riesen zugebracht hatte. Also nahm er sie beiseite und sprach zu ihr: „Meine liebe Tochter, um Himmelswillen, was ist denn das für ein wüster Kerl? Er hat dir doch kein Leid angetan?“

„Oh nein, lieber Vater“, sprach die Prinzessin. „Der Krabusterfranz hat mich aus der gebrochenen Kutsche gerettet und in seinem Haus aufs Beste für mich gesorgt. Ich hab sogar Blutwurst mit Zwiebeln gegessen und das Binokeln gelernt.“

„So, so“, sprach der Vater.

Der Franz indes sah das prächtige, große Schloss mit seinen Säulen und Türmen und Giebeln und Blumenfenstern und ward des Staunens nicht satt.

Der König dachte, seine Tochter müsse durch den Unfall und die Aufregung verwirrt sein, dass sie einen solch räudigen, furchterregenden Kerl mit zum Schloss bringe. Er ließ sich aber nichts anmerken, ging zum Franz hin und sprach: „So habt denn Dank, dass Ihr für meine Tochter gesorgt habt."
„Jo mei", gab der Krabusterfranz zurück.
„Vater", sprach da die Prinzessin, „lass uns heute Abend ein Fest zu meiner Heimkehr feiern und auch den Franz dazu einladen!"
Der König war nun gewiss, dass seine Tochter wohl von Sinnen sein müsste. Aber sie bat ihn so oft und sah ihn dabei mit ihren Sternäuglein so treuherzig an, dass er ihr es nicht abschlagen konnte.

Am Abend ward sodann eine große Tischgesellschaft mit vielen Damen und Herren von Rang und Namen geladen. Die Damen waren in bunt glänzende Seidenkleider gehüllt und die Männer trugen lange Jacken aus goldrotem Brokat. Im Saal war eine lange Tafel mit weißem Tischtuch, feinstem Porzellan und kostbaren Kristallgläsern aufgestellt und in den Tellern und Schüsseln dufteten die herrlichsten Speisen.
Der Krabusterfranz staunte sehr über all dies und freute sich, dass die Glasknochenprinzessin an seiner Seite saß. Doch recht wohl war's ihm nicht in seiner Haut. Er strengte sich an, dass er beim Gehen nicht auf den Fußboden trampelte, dass er keine der feinen Damen anrempelte, dass der verzierte Stuhl beim Hinsetzen nicht unter ihm zer-

brach und dass ihm kein Fluch über die Lippen kam. Deshalb merkte er kaum, wie die Damen ihn hinter ihren Fächern anstarrten und die Herren mit gesenkter Stimme über ihn sprachen.

Der König saß am Kopf des Tisches. Als alle versammelt waren, erhob er sein Weinglas und sprach: „Wir freuen uns, dass meine liebe Tochter am heutigen Tag wieder heil zu uns heimgekehrt ist. Prosit!“
Alle erhoben ihr Glas und tranken. Der Krabusterfranz stürzte den funkelnden, roten Wein in einem großen Schluck hinunter. Als er aber das feine, kristallene Glas am Tisch abstellte, zersprang es mit einem Knall in tausend Scherben. „Sackzement!“, fluchte er vor Schreck.
Ganz still ward es plötzlich im Saal, der König und alle Gäste starrten den Franz voller Entsetzen an. Doch dann blickte der König zu seiner Tochter und sah das fröhliche Funkeln in ihren blitzblauen Sternäuglein und ihre rotgefärbten Wangen. Da erkannte er, dass sie den Franz liebgewonnen hatte, also musste der wohl ein guter Mensch sein. Der König besann sich, schmetterte sein Glas auf den Tisch, dass es in tausend Teile zersprang, und rief aus: „Sackzement!“
Die vornehmen Gäste waren verwirrt, doch der König warf allen einen strengen Blick zu, also taten sie es ihm nach. „Sackzement!“, riefen sie alle und knallten ihre Gläser auf den Tisch, dass sie in tausend Teile zersprangen.
Da freute sich der Krabusterfranz und die Prinzessin freute sich und auch der König und seine

Gäste freuten sich. Sie lachten und waren fröhlich und feierten ein ausgelassenes Fest bis tief in die Nacht. Der Krabusterfranz aber passte gut auf seine zarte Prinzessin auf.
Fortan lebten sie winters gemeinsam im Schloss und sommers im Haus am Waldrand. Knecht Ulf leistete ihnen treue Dienste. Und sie waren glücklich bis ans Ende ihrer Tage.

Das zarte Fröschlein

In einem tiefen, dunklen Wald an einem lauen Weiher lebte einst ein winzig zartes Fröschlein unter einem Huflattichblatt. Das Fröschlein war so klein wie eine Stubenfliege und seine blass grün schimmernde Haut war so dünn, dass man sein kleines Herz hindurch schlagen sehen konnte. Seine schwarz glänzenden Äuglein waren nicht größer als zwei Mohnkörnchen. Weil das Fröschlein zu klein und zu dünn geraten war, konnte es kein gewöhnliches Froschleben führen. Ihm war immer schrecklich kalt, im Wasser fror es und es war furchtbar empfindlich. Von jedem Windhauch bekam es einen Schnupfen. Wenn ihm ein Regentropfen auf den Kopf fiel, hatte es drei Tage lang Kopfschmerzen. Wenn die Sonne ihm auf die durchsichtige Froschhaut brannte, bildete sie Blasen und das Fröschlein bekam sogleich einen Sonnenstich.

All die anderen Frösche am Teich waren groß, mutig und kräftig. Die jungen fuhren den ganzen Tag mit ihren Mopeds umher und die älteren lagen mit ihren Sonnenbrillen auf dem Weiher, schaukelten auf den Seerosenblättern, hörten laute Musik und tranken starke Waldbeerencocktails. Alle Tage lachten und scherzten sie, dass es durch den ganzen Wald hallte. Nur unser zartes Fröschlein saß immer versteckt und geschützt unter seinem schattigen Huflattichblatt. Oft fühlte es sich furchtbar einsam. Eines Tages ward ihm so elend vor Langeweile, dass es meinte, ihm müsse jeden Moment das Huflattichblatt auf seinen Kopf fallen. Da sprach das Fröschlein bei sich: „Es muss doch angehen, dass ich wenigstens einmal einen kleinen Spaziergang machen kann.“ Und so kam es, dass das Fröschlein sich ein Herz fasste und zum Teich hin spazierte. Ach, das war doch mal eine schöne Abwechslung! Es konnte die Blumen und Pflanzen betrachten, die weißen Waldmeisterblüten, den grünen Sauerklee und die Butterblumen. Es konnte Walderdbeeren naschen und dem munteren Rauschen des Bächleins lauschen. Als es aber am Teich angelangt war und die großen, dicken Frösche seiner gewahr wurden, fingen sie sogleich an zu rufen:
„He, was haben wir denn da für einen Winzling?! Seht nur, was für ein kleiner Pimpf!“
Das Fröschlein aber ließ sich nicht beirren und spazierte weiter um den Teich herum. Da sprach ein besonders fetter Frosch zu ihm: „Komm nur her, du Kleiner, wir wollen Froschball spielen.“ Die anderen Frösche grinsten mit ihren breiten

Mäulern und riefen: „Ja, wir spielen Froschball!“ Sie waren so dick, prall und schwer, dass die Seerosenblätter sich unter ihnen bogen und sie mit ihren Hintern halb im Wasser hingen.

Das Fröschlein wagte sich bis ans Ufer vor. Obgleich es sich fürchtete, wollte es doch zu gern auch ein wenig Freude mit den anderen haben.

„Aber ich kann nicht ins Wasser“, sprach es zaghaft. „Es ist zu kalt.“
„Habt ihr gehört?!“, rief der fette Frosch. „Der Winzling darf nicht ins Wasser!“
„Hahahaha“, lachten da alle Frösche über den Teich.
„Keine Angst, Kleiner, natürlich sollst du nicht ins Wasser“, sprach der Fettfrosch mit tiefer Stimme und zog sein breites Froschmaul zu einer Schnute zusammen. „So komm nur her.“
Das zarte Fröschlein stieg etwas näher ans Ufer. Der dicke Frosch griff nach ihm und setzte es auf seine Hand. Das winzige Fröschlein starrte mit seinen kleinen Knopfaugen in das breite Schlabbergesicht des fetten Frosches. „Hohoho”, machte er. „Du bist ja ein Fliegengewicht, so einen leichten kleinen Frosch habe ich ja meiner Lebtage noch nicht gesehen!“

„Ähm, ja, hallo“, sagte das Fröschlein mit leisem Stimmchen. „Wollen wir jetzt Froschball spielen?“
„Wart‘!“, sprach der Frosch. „Ich zeig dir, wie‘s geht.“ Er holte aus und warf das zarte Fröschlein in hohem Bogen über den Teich. Da piepte das Fröschlein voller Angst, bis es, paff!, auf der Hand eines anderen dicken Frosches landete. „Hohoho“, lachte auch der, dass seine Sonnenbrille wackelte. „Und hepp!“ Ehe sich unser Fröschlein versah, flog es wieder in einem Bogen hin zum nächsten Frosch. Und

immer so weiter. Die Frösche johlten und gröl-ten und lachten und quakten, derweil unser zar-tes Fröschlein verzweifelt durch die Waldluft über dem Weiher flog.
Als die Frösche aber ihren Spaß gehabt hatten, setzte der große, fette Frosch das Fröschlein wie-der ans Ufer und sprach: „So du Winzling, und jetzt verzieh dich!“
Dem Fröschlein brausten die Ohren und der Boden unter ihm drehte sich, so schwindlig war ihm. Mit wackligen Beinen torkelte es zurück nach Hause unter sein Huflattichblatt. Dort verkroch es sich tief im dunklen Moos und weinte bitter-lich. Nie würde es die groben Spiele der anderen verstehen! Und nie würde es mit anderen zusam-men Freude haben können, denn es war ja doch zu klein und zu schwach. „Ach, wenn ich doch nur ein Schnupsel hätte“, schluchzte das arme Fröschlein. „Dann wäre alles anders.“

Am nächsten Morgen aber, als das Fröschlein aus-geschlafen war und sich erholt hatte, da besann es sich und dachte: „Ach, ich will nicht gar so emp-findlich sein, ich werde es nochmal versuchen.“
Da machte sich unser tapferes Fröschlein aber-mals auf und hüpfte den anderen Weg in den Wald hinein. Die großen, dunklen Tannen ächzten und knarzten, so dass dem Fröschlein zuerst ein wenig unheimlich zumute ward. Aber es guckte nach hier und nach dort, besah sich Käferlein und Pilze und Gräser und ward darüber ganz vergnügt. Da hörte es mit einem Mal ein Brummen und Rattern, dass es ihm in den Ohren dröhnte. Das Fröschlein

erschrak und wandte sich um. Was mochte das sein? Das Brummen wurde lauter und kam immer näher. Und plötzlich brachen aus dem Dickicht fünf Jungfrösche auf ihren Mopeds hervor. Noch ehe das Fröschlein beiseitespringen und sich verstecken konnte, hatten die halbstarken Frösche es schon erspäht und brausten auf das Fröschlein zu.

„Sieh da!“, brüllte einer der Jungfrösche. „Was für ein Winzling!“

Das zarte Fröschlein hielt sich die Ohren zu, weil das Rattern und Knattern gar zu laut war. Die Jungfrösche fuhren in Kreisen um das Fröschlein herum, immer und immer wieder.

„Winzfrosch! Winzfrosch!“, riefen sie und ließen ihre Motoren aufheulen. Als sie genug von ihrem Spiel hatten, brausten sie schließlich in den Wald davon. Das zarte Fröschlein aber zitterte am ganzen Leib, sein Herzlein pochte und seine Ohren taten ihm weh. Als es gewiss war, dass die Jungfrösche wirklich ganz verschwunden waren, hüpfte es erschöpft und verwirrt wieder nach Hause unter sein Huflattichblatt und verkroch sich im dunklen Moos. Warum nur war es so anders als die anderen Frösche? „Ach, wenn ich doch ein Schnupsel hätte, das könnte mich beschützen“, dachte das Fröschlein und

fiel sodann in tiefen Schlummer. Am nächsten Morgen aber besann sich das zarte Fröschlein abermals und dachte bei sich: „So leicht will ich doch nicht aufgeben. Heut‘ will ich‘s nochmal versuchen.“
Und es hüpfte den anderen Weg entlang zu den Felsen hin. Dort fand es nach einer Weile eine Tür und daneben ein Fenster mit bunten Gardinen. Das Fröschlein fragte sich, wer dort wohl wohnen mochte. Weil es neugierig war, klopfte es schließlich zaghaft an. Da schaute aus dem Fenster neben der Tür ein Zwerg heraus: „Ja bitte?“, fragte er. „Guten Tag!“, sprach das Fröschlein. „Ich wohne dort drüben unter dem Huflattichblatt und

wollte einmal meine Nachbarn besuchen.“ „Oh, das ist schön“, sprach der Zwerg. „So komm doch herein!“ Da öffnete sich die Tür und das Fröschlein trat ein. Der Zwerg beugte sich hinunter und sah das Fröschlein an. „Na du bist ja ein hübscher kleiner Frosch!“ Der Zwerg trug einen kurzen, grauen Bart und ein gebügeltes Hemd mit blauen Streifen. „Ich bin Hansjörg“, sprach er. „Und wer bist du?“

„Ich bin das zarte Fröschlein.“

Der Zwerg drehte sich um und rief: „Udo, komm doch mal her, wir haben Besuch!“

Da kam ein zweiter Zwerg herbeigelaufen, auch er trug einen kurzen Bart und ein gelb gestreiftes Hemd.

„Das ist Udo“, sprach Zwerg Hansjörg. „Und das hier ist das zarte Fröschlein.“

„Oh“, näselte Zwerg Udo erfreut. „Der ist ja wirklich ganz besonders zart.“

Irgendetwas gefiel dem Fröschlein nicht daran, wie der Zwerg das sagte, aber er schüttelte den Gedanken schnell wieder ab und sagte freundlich: „Guten Tag, ich bin euer Nachbar und wollte mal vorbeischauen.“

„Ja, das ist aber schön!“ Die beiden Zwerge tauschten einen vielsagenden Blick und sahen dann wieder das Fröschlein an. „Möchtest du vielleicht ein wenig hier bleiben und wir kochen etwas Gutes? Was hältst du davon, hm?“

„Ja, gut“, sprach das Fröschlein. „Das wär‘ schön.“ Es

setzte sich an den Tisch und sah sich um. In der Zwergenwohnung sah es sehr ordentlich aus. Alles war hübsch aufgeräumt, die Stube gefegt und über dem Herd hing allerlei glänzend poliertes Küchengerät. Hansjörg und Udo machten sich sogleich daran, das Feuer im Herd zu schüren und stellten eine große Pfanne darauf. Dabei plauderten sie munter mit dem Fröschlein. Udo stellte ein Brett auf die Anrichte neben dem Herd und Hansjörg griff nach einem Buch mit der Aufschrift ‚Französische Küche'.

„Was gibt es denn zu essen?", fragte das Fröschlein neugierig.

„Ach!", Zwerg Hansjörg drehte sich etwas beiseite. „Wir denken uns schon was Feines aus, nicht wahr, Udo?"

„Jaja!", sprach Udo mit einer merkwürdig hohen Stimme. Dabei fiel ihm ein Speicheltropfen aus seinem Mundwinkel.

„Nun!", dachte das Fröschlein bei sich. „Das sind doch zwei nette Zwerge. Ich will nicht immer gar so misstrauisch sein."

Da kam Zwerg Udo auf ihn zu und fragte: „Magst du dich nicht hier auf das Holzbrett setzen? Von da kannst du viel besser beim Kochen zuschauen."

„Oh ja, recht gern", freute sich da das Fröschlein. Udo setzte es auf das Holzbrett. Da fiel aber des Fröschleins Blick auf die Seite, die im Kochbuch aufgeschlagen war: ‚Froschschenkel' stand da geschrieben! Es sah das große Messer blit-

zen und die Butter in der Pfanne schmurgeln und das Fröschlein erschrak zu Tode, denn es begriff: es selbst sollte als Mahlzeit verzehrt werden! Als das Fröschlein dies erkannte, hüpfte es sogleich mit einem Satz von der Anrichte hinunter. Udo und Hansjörg schrien auf: „Hu! Wo ist das Fröschlein?!"
„Es ist hinuntergefallen."
„Nein, es ist gesprungen!"
„Nein, gefallen. Weil DU nicht aufgepasst hast!"
„Papperlapapp! Sieh lieber nach, wo es ist!"
Das zarte Fröschlein aber hatte sich schon in einem Spalt unter der Anrichte versteckt, und weil es so klein und dünn war, konnten die Zwerge es nicht entdecken. Während sie sich stritten und die ganze Hütte absuchten, hüpfte das Fröschlein unbemerkt zur Tür, machte sich platt wie ein Blatt und schlüpfte unter dem Türspalt hinaus. Wieder klopfte das Froschherzlein wie ein Dampfhammer. Mit knapper Not war es den beiden Zwergen entkommen! Nun machte das Fröschlein, dass es nach Hause kam und sprang davon, so schnell es konnte.

Endlich kam es unter seinem Huflattichblatt an und verkroch sich in die grünen, weichen Moospolster. Nie würde es Freunde finden, immer würde es einsam und schwach hier im Schat-

ten unter seinem Blatt sitzen müssen! Für den Rest seines Froschlebens sollte es sich langweilen, vor sich hin kümmern. „Ach, aber wenn ich ein Schnupsel hätte“, dachte das arme Fröschlein, „dann würde ich ein schönes Leben haben und wär‘ nie mehr allein.“ „Komm doch, Schnupsel!“, seufzte es leise, bevor es einschlief.
Des Nachts, als das Fröschlein in tiefem Schlaf lag und die Mondsichel am Himmel einen matten Schein über alle Bäume des Waldes breitete, raschelte und knisterte etwas im Gras neben dem Huflattichblatt. Das Fröschlein merkte es kaum, seufzte im Schlaf, drehte sich um und schlief weiter. Als es aber am nächsten Morgen erwachte und seine kleinen, schwarzen Froschäugelchen öffnete – wie staunte es da, als jemand neben ihm lag! Ein Schnupsel! Wahr und wahrhaftig! Das Fröschlein rieb sich die Augen. Das Schnupsel hatte eine bunt schimmernde Schuppenhaut, eine blonde Mähne und einen geringelten buschigen Schwanz, genau wie das Fröschlein es sich immer vorgestellt hatte. Die Beine des Schnupsels waren eingerollt wie Farnblätter, denn es schlief noch. Das Fröschlein wagte kaum sich zu regen und betrachtete das Schnupsel vorsichtig. Oh, wie freute es sich, dass sein Wunsch über Nacht in Erfüllung gegangen war! Es konnte kaum erwarten, bis das Schnupsel

endlich erwachte. Das atmete ganz gleichmäßig, seine schuppige Haut hob und senkte sich. Nun räusperte sich das Fröschlein leise. Und noch einmal etwas lauter. Da erwachte das Schnupsel und blinzelte mit den Augen. Es sah das Fröschlein an und lächelte. „Hallo zartes Fröschlein!“, sprach es. „Hallo Schnupsel!“, flüsterte das Fröschlein ehrfürchtig.

Das Schnupsel reckte und streckte sich. „Na, was wollen wir heute unternehmen?“, fragte es.

„Ich, äh, also, ich bin ganz überrascht! Wie bist du denn nur hierher gekommen?“

„Na, du hast mich doch gerufen“, sprach das Schnupsel.

„Ach so?“, wunderte sich das Fröschlein. Es kratzte sich am Kopf und erinnerte sich, wie es vor dem Einschlafen das Schnupsel herbeigewünscht hatte. Da gurgelte es im Bauch des Fröschleins vor lauter Freude. „Also, am liebsten würde ich zum Teich gehen, aber ich kann leider nicht schwimmen.“

„Macht nichts!“, sprach das Schnupsel. „Das regeln wir schon. Du kannst auf mir schwimmen. Setz dich einfach auf meinen Rücken.“

„Oh ja!“, gluckste da das Fröschlein. „So machen wir‘s!“ Und so stieg es auf des Schnupsels Rücken und sie ritten zum Teich.

Als die großen, dicken Frösche die beiden am Teich erblickten, reckten sie ihre Hälse und staunten nicht schlecht, denn so ein wundersames Schnupsel hatten sie noch nicht gesehen. Und wie glotzten sie erst, als das Schnupsel behände ins Wasser sprang, seinen Schwanz kreisen ließ und mit dem

Fröschlein auf dem Rücken wie ein summendes Motorboot elegante Kurven schwamm! Einem Frosch fiel die Zigarre aus dem Maul, ein anderer ließ seinen Cocktail ins Wasser fallen. „He!“, raunten sie einander leise zu. „Seit wann hat der Winzfrosch denn so ein schönes Schnupsel?!“
Oh wie freute sich da unser Fröschlein! Es ließ sich aber nichts anmerken und glitt majestätisch mit erhobenem Kopf auf dem Teich dahin. Nach einer Weile sprach es: „Liebes Schnupsel, jetzt würde ich gerne einen Spaziergang durch den Wald machen.“
„Gut!“, sprach das Schnupsel. „Bleib einfach auf meinem Rücken sitzen, dann reiten wir los.“
„Oh ja!“, gluckste da das Fröschlein. „So machen wir‘s!“
Leicht wie ein fliegender Fisch sprang das Schnupsel aus

dem Teich hinaus und die dicken, schweren Frösche blickten ihnen voller Neid nach.
Gemütlich trabten sie durch den Wald. Die Sonne schien zwischen den Ästen und Blättern hindurch, man hörte Spechte trommeln und Meisen zwitschern. Der Klee raschelte unter den leichten Füßen des Schnupsels und das Fröschlein war von Herzen froh. Da hörte es auf einmal wieder das Brummen und Knattern der Mopeds und erschrak: „Oh weh, liebes Schnupsel, das sind die halbstarken Jungfrösche!"
„Hab keine Angst!", sprach das Schnupsel leichthin. „Das regeln wir schon."
Die Jungfrösche kamen mit ihren Mopeds immer näher und das Fröschlein fürchtete sich sehr. Als die halbstarken Frösche aber sahen, dass das zarte Fröschlein auf einem so wunderschönen Schnupsel ritt, bremsten sie mit voller Kraft, so dass Staub aufwirbelte und sie mit ihren Mopedmaschinen aneinander rumpelten. „Nanu!", sprachen sie verwundert. „Was ist denn das?! Der Winzfrosch reitet ja auf einem Schnupsel!"
„Halt dich gut fest, Fröschlein!", sprach da das Schnupsel. Auf einmal drehten sich seine Füße so schnell wie Räder und aus seinem Hinterteil schlugen blaurote Flammen wie bei einem Auspuff. Die Frösche erschraken heftig und wichen zurück. Dann gab das Schnupsel einige Male Gas und brauste in rascher Fahrt davon. Die Jungfrösche aber glotzten ihnen noch lange verdutzt nach.
Als sie weit genug weg waren, ritt das Schnupsel wieder in sanftem Trab durch den Wald, als

sei nichts gewesen. Das zarte Fröschlein seufzte erleichtert auf. Wie schön war es doch, ein Schnupsel zu haben!
Da kamen sie zu den Felsen, wo die beiden Zwerge Udo und Hansjörg wohnten.
„Oh!“, sprach das Fröschlein. „Da wohnen Udo und Hansjörg, die beiden Zwerge. Vor denen muss man sich in Acht nehmen.“
„Keine Bange!“, sprach das Schnupsel munter. „Das regeln wir schon.“
Kaum hatte das Schnupsel gesprochen, da öffnete sich auch schon die Tür im Felsen und die beiden Zwerge traten heraus.
„Da ist ja der kleine Frosch mit den zarten Schenkelchen“, rief Udo.
„Aber sieh doch nur!“, sprach Hansjörg. „Es reitet auf einem Schnupsel.“
„Halt dich gut fest!“, sprach da das Schnupsel und marschierte geradewegs auf die beiden Zwerge zu. Das zarte Fröschlein fürchtete sich sehr. Aber mit einem Mal senkte das Schnupsel den Kopf und stieß dicke, grüne Rauchwolken aus seinen Nasenlöchern, so dass die Zwerge vom Rauch gleich ganz umnebelt und eingehüllt waren. Sie husteten und schimpften und rieben sich die Tränen aus den Augen. Sie stolperten zurück in ihre Felsenwohnung, schlugen die Tür zu und das Fröschlein hörte sie husten und fluchen.
Dann galoppierte das Schnupsel mit dem Fröschlein in leichten Sprüngen davon. Da war das Fröschlein froh und lachte und das Schnupsel lachte auch.

Als es Abend wurde, trabte das Schnupsel mit dem Fröschlein heim zum Huflattichblatt. Dort saßen sie in der Dämmerung gemütlich beieinander. Sie lauschten dem Zirpen der Grillen und den Vögeln des Waldes.
„Das war ein schöner aufregender Tag", sprach das Fröschlein müde und glücklich.
Dann legten sie sich zusammen auf die Moospolster nieder und schliefen selig ein.
Das zarte Fröschlein war von nun an nie mehr alleine. Die anderen Frösche ließen es in Ruhe und es musste sich nicht mehr fürchten. Es lebte fröhlich mit seinem Schnupsel bis ans Ende seiner Tage.

Über die Autorin

Andrea Brackmann schreibt seit ihrer Jugend Gedichte, Erzählungen und Kurzgeschichten. Nach diversen Veröffentlichungen (Rundfunk, Anthologien) kam sie 1999 in die Endausscheidung des „Bettina-von-Arnim"-Wettbewerbes für Kurzgeschichten. Sie absolvierte eine Schauspielaubildung und studierte Psychologie. Danach war sie viele Jahre als Psychologin und Sachbuchautorin tätig. 2009 erkrankte sie schwer und gab ihren Beruf als Therapeutin auf. Seitdem widmet sie sich ganz dem Schreiben und arbeitet derzeit an ihrem ersten Roman.

Über die Illustratorin

Seit Antje Brödner-Höhle sich zurück erinnern kann, war das Zeichnen und Malen ihre Leidenschaft. Bereits mit 8 Jahren wurde sie in dieser Richtung gefördert. An der Abendakademie der Hochschule für Grafik und Buchkunst Leipzig lernte sie u.a. bei Harry Blume Aktmalerei, Porträt, Buchillustration und Schriftgrafik. Nach dem Studium der Museologie war Antje Brödner-Höhle über 12 Jahre in der Kulturarbeit tätig. Heute lebt und arbeitet sie mit ihren beiden Kindern in Halle an der Saale als freie Illustratorin.